心碎
餐廳
再會
松尾由美
YUMI MATSUO

目次

高調的筆盒謎團

1

偶爾也會有做任何事都不順心的時候。

譬如說，帶著焦急的心情、捧著包包裡的工作資料，推開當成是自家書房的大眾餐廳大門時，店裡頭明明就很空——事實上，明明就只有一位客人——那人卻霸占我相中的位置，就像這種時候。

我的名字是寺坂真以，職業是自由撰稿者，距離第一次有「我要開始出頭了！」的這種想法已過了一段時間。之後的發展便緩慢停滯不前，算是頑強地存活在這個業界的狀態。

當我在家中寫稿沒靈感時，就會把筆電塞進包包裡，來到徒步十分鐘路程的這家店。平時我喜歡靠窗的座位，但今天就是沒那個心情，而想改坐在背對牆壁的位置。然而，最裡頭的位置坐著白髮的老爺爺——從深藍色毛衣中露出條紋襯衫，個頭有點高大的老爺爺，正獨自一人喝著紅茶。

那也沒辦法。我只好從「最裡頭」的位置優先挑選，最後選了靠窗的第二個座位坐下來。從結果來看，我是坐在先來的那位老爺爺旁邊。

我拿起筆電打開來，看到暗色的螢幕上沾著灰塵，嘟起嘴吹掉它——同時間，螢幕亮了起來，出現螢幕桌布的畫面。那是從網路上下載的貓咪午睡圖片。

「原來是這樣的設計啊？」

我被這突如其來的聲音嚇了一跳，是隔壁桌的老先生在跟我說話。

「咦？」

「對著它吹氣就會開機——」

其實筆電是一打開就會解除休眠裝置，但需要幾秒的時間，剛好就在這段期間我吹了口氣而已。

我一邊想看起來的確像是這樣，一邊向老爺爺解釋實際狀況。

「啊，原來如此，原來是這麼回事。」

老爺爺笑容可掬地點頭說。個性似乎很溫柔，但眼神倒是很精神奕奕。這時他的那雙眼睛朝門口看去——

「抱歉了，大師。」一名剛踏入餐廳裡，戴著黑框眼鏡的男人低頭道歉。「讓您久等了。」

「不不，別這麼說，是我來得太早而已。」

一看就知道他是編輯（問我原因我也不曉得）的男人，和鑽進來的些許春風一起進到店裡頭。三月半的天空湛藍清澈。

接著他們就要在隔壁桌開會，被稱為大師的老爺爺大概是作家或評論家之類的人吧。想著這些事時，突然感到一股熟悉的氣息。

視線的對面，與我的位置隔了一張桌子的座位上，不知何時坐著一位和藹可親的人，那位可以說是本店的象徵。八十歲左右的老婦人——將樸素的和服穿得很有氣質，綁著如年菜上會出現的慈姑造型髮髻與圓臉的可愛老婆婆。

「春婆婆，好久不見了。」

我走向老婆婆先開口打招呼，並在老婆婆的對面坐下來，為了以防萬一，還把手機貼著耳朵。

我之所以假裝講電話是因為世上有兩類人，和我相反的那類人看不到這位老婆婆的身影，也聽不見她的聲音。之所以出現這種情況，其實是因為老婆婆已經不是這世上的人——一言以蔽之就是幽靈。

老婆婆的全名是幸田春，是這間餐廳土地的前地主，因為懷念往日時光而常常在這間餐廳出沒。店家則是很有默契地一定會空下最裡頭的座位。

工作人員與一部分的常客（我）屬於不爭氣或不幸的類型，以春婆婆的個性不會對我們置之不理。雖然也是因為如此，但相反的，或許正因為是幽靈出沒的餐廳，那樣的員工或常客才會待在這裡。

因為這個緣故，要在有其他客人的時候和婆婆說話，我就會像這樣假裝講電話。這是為了讓「看不見老婆婆」的人，不要以為我是「面對牆壁說話的怪女人」。

「對啊，感覺好久不見，又好像沒那麼久。」

老婆婆親切地回應我，

「畢竟，變成我這樣的身分，對時間的感覺也會有點不一樣吧。話說回來，妳也沒有比之前更老一些。」

「嗯，是啦──」

雖說我已年過二十五歲，但才不到一個月沒見不可能變老的，我這麼想。

「可是。」春婆婆一臉輕鬆的表情說：「妳看起來似乎有什麼煩惱呢？」

事實上，這位老婆婆能察覺到普通人無法看透的事實，且能夠邏輯性地解釋狀況。換言之，老婆婆既是幽靈也是名偵探，迄今已解決數起不可思議的事件──包括警察都出馬貨真價實的「案件」，以及稱不上是案件的日常謎團。

話雖如此，我現在所煩惱的事，即使沒有名偵探那般洞察力也看得出來。我自認是很單純的人，內心所想容易表現在臉上。

「其實就是那個人嘛，南野先生。」

我說出歷經數個月的單戀，終於成為男女朋友（可以這麼說吧）的男性名字。

「就是在前面那間警察署裡任職的那位刑警先生吧。」
「嗯，現在是這樣沒錯，其實再過不久——」
問題就在這裡，就是他工作的地點改變了。四月時，他將從東京郊外的本市警察署調到櫻門的警視廳。他是突然被徵召的，還必須搬到附近的宿舍，而且新的調職地點屬於本廳中數一數二忙的部門。現在已經夠忙了，再忙得不可開交就不曉得何時才能休假。
「這樣見面的時間就會很少。」我發牢騷。「明明同樣是東京，卻搞得像遠距離戀愛一樣。」
「哎呀。」老婆婆將原本就很挺的背脊打得更直。「那真是很遺憾呢。」
「嗯，真的。」
「沒有什麼解決的辦法嗎？」
「什麼辦法？」
「例如說真以小姐搬到那位先生家附近之類的。」
「不可能啦。」
我手機貼著耳朵，另一隻手和頭同時橫向搖晃。當然其他人應該看不到通話中的對象，所以會覺得這動作很奇怪吧。
「欸呀，為什麼呢？」

「因為，如果說交往時間長一點——至少一年的話，或許『還有可能』跟著一起過去。可是連交往兩個月都不到就這麼做的話，有一點點厚臉皮，感覺這女人很棘手，而且——」

「而且？」

「而且以我的薪水根本付不起都心高級地段的房租。」我說出更實際的理由。「對南野先生而言，畢竟是因為有宿舍，所以才能住在那種地方。」

還有另一個原因，我想。我也不想離開這家店和春婆婆——雖然真心這麼想，這樣似乎很撒嬌而不敢說出口。

「原來如此。」老婆婆似乎理解了。「這樣的話，只要沒和那位先生結婚，就無法一起搬過去吧。況且，目前也不是談這話題的時機。」

「嗯，當然，不僅如此——」

「要豁出去也還太早，還得看狀況。無論是要飛奔過去，還是放棄。」

要放棄已經「太遲了」——因為我本想這麼說，轉念一想或許春婆婆說得沒錯。

「總而言之，時間點真的不好。」

「妳說得沒錯。」老婆婆點點頭。「那麼，妳今天只是為了工作而來嗎？是在等那位先生吧？」

「您為什麼會知道呢？」

「那是因為——」老婆婆把頭往後，從頭到腳打量我。「妳點的餐以及綁的髮型都很時髦，從這一點來看。並不是某個地方特別打扮，而是整體都有些安排。」

「這麼說的話的確是啦。」

「即使如此，妳的表情仍不開心。」春婆婆確實點出關鍵。「搬家在即很難過，今天能夠見面應該要很開心才對。」

「其實，」我說。「還有另一個人跟他一起過來。」

「哪位？」

「對方似乎是接替南野先生的新刑警。他說想介紹那個人給我認識。說今後兩人或許能互相幫忙。」

我之前曾幾次協助南野先生解決惱人的事件——他是這麼認為的。其實解決事件的人是春婆婆，我只是請教她而已（除了某一事件之外）我也跟南野先生說了，但畢竟他看不見春婆婆。他們甚至曾在這在這裡同桌，他本人卻沒察覺。或許是這原因，感覺他不相信我說的話。

「這樣的話，不開心的理由——」老婆婆鐵口直斷。「新來的那位刑警是女性吧？」

果然明察秋毫，又被她說中了。

「是的。那位刑警是女的，聽說比我年輕一些且打扮得很時尚，相當優秀，未來也指日可待。」

我列出她的優點。我今天之所以想坐在最裡頭的位置，都是因為這個人的條件很棒的緣故，必須藏拙。

希望在那位女刑警從門口出現到走過來座位的這段時間，能有個緩衝。我想要好好觀察那個人，做好心理準備。

「有個英文叫做什麼的？」老婆婆微歪著頭。「好像不是自劣感……」

「自卑感嗎？」

「對，就是那個。」

「說得也是啦。」我點頭說。「話雖如此，我也不是想進警察署，也不是想當警察，無論那個人有多麼優秀，照理說不會感到自卑才對。

可是，之所以會有自卑感是因為不高興南野先生誇讚她。就只是這樣而已。我也覺得自己好蠢、好沒用。」

「妳很坦率呢。」老婆婆認真地說。「這是好事，戀愛是盲目的，戀愛的人都很傻，從以前就是不爭的事實。」

「嗯，可是——」

「而且，有些傻傻的也很可愛啊。當然，任何事都要適可而止。先不提這個，你們約幾點？」

「沒有確定約幾點，他們兩人交接工作告一段落就會出發的樣子。」

沒關係，因為我也要在這裡工作——表面上這麼說，但直到現在除了打開筆電外什麼都沒做。

「這樣的話，妳得回自己的位置了。我這樣看熱鬧真不成體統，先退下了。」

在春婆婆的催促下，我回到自己的座位。隔壁桌的兩人仍在開會，桌面上散亂著水彩畫的彩色複印稿，從對話中隱約得知，他們在談論出版畫冊的事。

不一會兒，編輯從口袋拿出手機，說了句「不好意思」便站起來邊往門口走去，邊對著手機說：

「啊，對。我現在正和佐伯大師開會——」

我腦中將聽到的對話內容與隔壁桌上的圖畫連結起來，意識到一件驚人的事。

「請問。」

我小心翼翼地向剛剛跟我說話的老爺爺問。

「有什麼事嗎？」

「不好意思，請問您是佐伯勝大師嗎？」

「是的。」

「是畫家佐伯勝大師，」我重覆問。「是畫《街道的繪本》，或小玉書房的海外文學全集的那位佐伯勝大師嗎？」

既是畫家也是繪本作家，也為許多書籍設計裝幀，我不斷重覆若是愛書之人不會沒聽過的大名。沒想到那位鼎鼎大名的佐伯勝會來這家店，而且還在我旁邊開會。

「嗯，是啊。」

對方語氣天真地回答，我對這反應雖有些傻眼卻也滿能理解的。如同他看到我的筆電時問我：「原來是這樣的設計啊？」那樣天真。畢竟佐伯勝是畫彈出式繪本或猜謎繪本那樣的畫家。

這段期間編輯回到座位上，再度在我隔壁開會，終於南野先生出現在餐廳門口。如往常一樣穿著樸素西裝的南野先生，旁邊跟著一位年輕女性，如我意料之中，背靠著牆就這樣能夠仔細觀察走在通道上的人。

結果，原本低迷到深水裡的情緒彷彿浮到水面般的感覺——接替南野先生的人雖然只有一點點，但確實是有點胖，眉間的皺紋雖淡但大概不容易消除吧。臉上的表情說好聽一點是思索的表情，說難聽一點是臭臉，服裝也稱不上時髦，是個完全不可愛也不性感的人。

不過最後那句我也沒資格說人家，總之重要的是，兩人完全沒有感覺把對方當異性的氛圍。

「這位就是接替我的小椋小姐。」

南野先生用沙啞卻溫暖，我所喜歡的聲音說。語氣雖然比我們單獨見面或講電話時還客氣，老實說，倒也沒有差太多。

「那麼，這位是寺坂小姐。」

「久仰大名。」

臉上戴著比旁邊的編輯粗一倍的黑框眼鏡，半長不短的頭髮髮尾亂翹的小椋小姐，從過大的外套某處拿出名片遞給我。名片上寫著「搜查二課 小椋敏惠」。

兩人在我對面坐下來，各自點飲料，

「之前也跟妳提過，寺坂小姐具有獨特的才能。」不出所料，南野先生說出這種話。「就是能輕輕鬆鬆解決不可思議的事件。」

「就說了不是這樣——」

「我知道，妳有個軍師。就像阿嘉莎・克莉絲蒂小說中出現的，頭腦聰明的老婆婆。」

已經是很久以前的事（倒也沒很久），為什麼每次都要一再重覆這樣的對話，而且還是在其他人面前。

若是兩個人單獨見面的話，想聊聊其他事情。雖然這麼希望，勤務中能像這樣挪出見面的時間也很開心，而且就算兩人單獨見面，也明白每次都會捨不得分開。也有很多事不能說出口，大部分的狀況都是時間壓倒性地不夠。

和南野先生見面時，每次都像這樣而有些痛苦。有可能是因為我太喜歡他，或是他太忙，又或者我們周遭的狀況有些棘手。

「所以說，如果小椋小姐遇到一般警察辦案方式解決不了的案件時，也可以找寺坂小姐幫忙哦。」

或許知道我的心情，南野先生更鼓吹同事：

「或許能夠幫助到妳。雖然不知道是她自己，還是名偵探老婆婆。畢竟我沒見過那個人。聽說是平時穿和服，綁著年菜的慈菇造型髮髻，個頭很嬌小的婆婆。」

「簡直就像圖畫中常出現的『老婆婆』，宛如上一個時代的人。」

女刑警用粗魯的口氣拋出這句話。彷彿很想逮捕這個根本不認識的人——其實，對方是個「看得到也不奇怪的人」。

春婆婆在南野先生他們來之前曾去了趟洗手臺而消失，但現在已回到角落位置上。將近百年的時間以某種形式（以人類的形式或以幽靈的形式）度過，以豁達的心態看事情，但有時也會有好奇心，才會跑來看令我感到自卑的對象吧。

而這件事對我來說算是意外的發現。看來不只南野先生，連小椋小姐也看不見老婆婆。

從她的位置應該看得到幸田春婆婆才對，只要看到老婆婆端坐在那裡，剛剛南野先生的形容就算不同意也應該能猜想得到才對，但她的回應不像有看到。

根據這家店店長的定義，能夠看得到老婆婆的都是「內心寂寞」的人，但我不知為何老將這句話解釋成「沒桃花運的男人或女人」。包括店長在內這家店裡的每個員工，以及我本身（真的非常遺憾）就是這類型的人，相較之下只有南野先生看不見老婆婆，所以我才會這麼以為吧。在我眼中南野先生是非常有魅力的男性，也不認為只是單純情人眼裡出西施。

話說回來，雖然這樣很失禮，我原以為小椋小姐是「看得見春婆婆的人」。既然她看不見老婆婆，或許是我想錯了——

就在南野先生解釋過去的案件始末的這段期間，我想著這些事。正當話題終於告一段落的時候，

「寺坂小姐不僅像那樣解決事件，」小椋小姐用依舊冷淡的語氣說。「為了生活也在當自由撰稿人吧？」

我想她應該不至於瞧不起人地認為「反正就是個閒人」、「靠寫作來維持生計」，大概是這樣沒錯，我安慰自己說，

「是的。」

「妳在寫什麼樣的文章呢？」

「我正在寫的是一篇即將截稿的雜誌連載，試用各種新產品，發表使用心得的專欄。」

「就是所謂的試用者吧？」南野先生說。

「算是吧。但不只有單純的新產品，編輯部的人有時也會找來有一點奇怪，不知道製作者在想什麼的東西。」

「比如說？」

小椋小姐聲音參雜些許好奇，南野先生也露出感興趣的表情。我從包包裡拿出現在寄放在我這裡的商品，放在桌上。

「這個是什麼？」

「這個是筆盒。」我說。「或許看不太出來。」

那是由銀色合金製成，橢圓形筒狀的東西。大小長約二十公分，深約五公分，上半部是蓋子的形狀，說是筆盒的確也不奇怪，

「似乎很堅固又安全。」小椋小姐說出更具體的感想。「說是筆盒，更像是太空船的零件什麼的。」

「現在被鎖住了，蓋子沒辦法打開。」我將筆盒拿給小椋小姐。「請試試看。」

她用手打開蓋子，卻打不開。再試彈一下，手一滑而撞到放在桌上的自動鉛筆，把它給彈開了。

自動鉛筆掉落在地上，滾到開會中的佐伯大師腳邊。

「小姑娘，給妳。」

大師撿起筆交給她。小椋小姐也跟他道謝，可能不喜歡被稱為小姑娘，皺著眉頭

小聲說：

「這老爺爺感覺有點奇怪？」

「他是畫家佐伯勝大師哦。」

我還強調「他很有名哦」，小椋小姐竟然很訝異。

南野先生則是一臉「似乎在哪裡聽過」的表情。剛好有位女服務生替他的咖啡續杯，也目瞪口呆地盯著大師，還差點把咖啡倒出來。

就像這樣吧，我想。有的人看得到春婆婆，如果那個人原本就知道佐伯勝，就會如同小時候愛做夢的孩子一樣，在繪本中看到外國的街道而興奮地又崇拜地翻頁——本質上或許是相同的。

這件事先放一邊，我把話題拉回筆盒上。

「妳覺得蓋子要怎麼打開呢？」

「不曉得，又沒有鑰匙孔，也沒有鈕釦。」

「其實是有密碼的。」

「密碼？」

「也可以說是通關密語吧，不是輸入文字而是語音辯識。我試給你們看吧。」

我對著小椋小姐手上的筆盒說出「截稿日最優先」，蓋子在她手中輕輕打開，筆盒裡的一枝修正筆同時映入眼簾。

「還有一個重點。」我說。「即使是同一句密碼，不是擁有者的聲音就無法解鎖。」

小椋小姐蓋上筆盒，試著用我剛剛的語氣說出密碼，但不管是用按或用拉的也打不開。

「設計得很棒嘛。」南野先生邊笑著說。「這密碼挺耐人尋味的。」

「對啊，若能設計更帥氣的句子就好了。」我辯解說。「可是，想不到其他更好的了，因為要四到十個字來設定密碼。

配合字數的密碼要在三十秒以內重覆喊三次，才能登錄成功。萬一沒有注意，以同樣的方式說出其他的文字，就會重新設定為新的密碼。只不過若不是一開始登錄的人，也就是擁有者的聲音，即使重新設定也無法解鎖。」

「非常長耶。」小椋小姐彎著手指數。「如果是『萬壽無疆』的話是四個字，若三個字的話就是『壽限無』」。

「這是什麼啊？」這幾句話聽起來很奇怪，卻似乎在哪裡聽過。

「那是落語『壽限無』吧。」南野先生說。

「啊，這麼說來——」

我也想起來了，但那位小椋小姐卻喝起紅茶不打算繼續說下去，感覺有點掃興。她的優秀肯定就在這裡吧，雖然是個莫名其妙的怪人。

「字數之所以那麼多，就是為了小心謹慎吧。」我接著解釋。「為了避免在談話中不小心說出密碼而解鎖，或說了三次其他的文字而被鎖住，避免不小心被重新設定——」

「就像我們做警察的，會連喊三次『等等、等等、等等』這樣吧。」南野先生說。

「而且，日文有很多的同音異義的字。譬如記者坐火車回公司（註1），之類的。」

「是啊。」我說。「這就是麻煩的地方。」

「若是超過十個字的長句，前面說的兩種狀況就不可能發生。稱得上設計得很巧妙——」

「可是，這樣不是很不方便嗎？」

南野先生大概不好意思說出口的事情，小椋小姐毫不客氣地指出來。

「每次要拿自動鉛筆或橡皮擦的時候，就得特地說出密碼才行吧？大人在人前說出密碼不是會很不好意思嗎？以筆盒來說體積也太大，感覺有點蠢。」

這說法聽起來好像連身為這種東西的試用者並且寫心得的我都罵進去了。

「就是說啊。」

我忍著心中想法附和道。先不提這樣的說法，畢竟她說得也沒錯。

「比如說我好了，一開始先把一組文具放進去，但因為太麻煩結果又一個個地放回原本的筆盒裡。到頭來，留在裡頭的只有一枝修正筆。因為那是只在校潤印刷稿時才

1　此句日文為 kisya ga kisya de kisya sita。

使用。」

「不過我覺得這概念很有趣。」

小椋小姐這句話聽起來像是藉口。看來這個人也會覺得愧疚。

「我也覺得設計得很棒。不只密碼，連聲音都要辯識。可是問題在於，為什麼是筆盒？如果是寶石盒，或祕密的日記本，對這類東西不是比較適合嗎？」

「嗯，我也是這麼認為的。」

我再度點頭同意她的話。整個人來說有點不太禮貌的小椋小姐竟會使用「祕密的日記本」這種挺可愛的說法，有些出人意料。

「所以我想到，會不會是為了宣傳效果呢？寶石盒或日記本並不是隨身帶著走，筆盒就會隨身帶著被很多人看到。

即使看到的人笑說『真蠢』，說不定會想到更好的使用方法，如此一來或許會在其他商品上使用這種鎖的構造。這樣發明者就能獲得專利費了。」

「原來如此，這樣的話，說不定反而是很聰明的做法。寺坂小姐也要在這樣的可能性上來寫試用心得才行呢。」

南野先生這麼說，從他的言行舉止中，看不出任何嫌我煩的跡象。他彎曲左臂，眼神落在手腕上——瞥了下手錶。

「那麼，差不多——」

「得回工作崗位上了吧。」

「對，還有很多事要交接。畢竟正式的異動日是在四月一日，但對方那邊說可以的話希望能提前一星期過去。」

什麼？我驚訝地瞠目結舌。

「我再打電話給妳，晚上也行。」

南野先生表情認真，語氣聽來是由衷這麼想的，說完便和小椋小姐兩人一起離開。隔壁桌開會也已經結束，餐廳的客席忽然一片安靜。

原本應該要為了工作而留下來的我，卻完全沒看電腦，而是移動到角落的位置上。

「您聽到剛剛的話了嗎？」

我怒氣沖沖說，就在老婆婆輕輕張口的時候，

「不好意思。」

傳來熟悉的聲音。一看，原來是佐伯大師，他剛才已經離開了，不知道為何卻又折返回來，站在我旁邊。他手上拿著暗綠色的帽子，看起來是剛才忘記帶走所以回來拿。

「方便的話，可否介紹妳身邊的這位呢？」

他一臉認真地對我說，指的是春婆婆。因為沒有其他人在，當然就是在說她。也就是說，大師是看得到的那種人。

「畢竟最近已經很少見到像這樣穩重端莊，穿著高雅和服的人。這種說法或許很失禮，看起來年齡比我稍長一些。」

「啊——」

反應的人是我，老婆婆默默地掛著笑容。比大師猜想得年齡還要大的春婆婆，聽到這樣的誇讚雖然不至於欣喜若狂，至少不會覺得討厭吧。

「不過，我絕不是奇怪的人——」大師使眼色般地看著我，

「他是畫家佐伯勝大師。」我對老婆婆說。「非常有名哦。」

「那真是榮幸。」老婆婆圓滑地回應。

「這位是幸田春女士，」我向大師介紹說：「跟這間餐廳有所淵源。」

當然不可能提到幽靈之類的事情，但仍做最小限度的介紹。

「是嗎。春女士，真是好美的名字。」

大師會心一笑說。

「我平時開會的咖啡店正在改裝，今天是第一次來這裡。總覺得也不用急著現在改裝，所以有點氣惱店那家店的老闆，但現在必須感謝他了，那麼先告辭了。」

打完招呼後，轉過身便大步地往門口走去。

剛剛是怎麼回事？難不成那位佐伯勝有點喜歡春婆婆嗎？或是刺激了身為畫家的他而有了靈感？或是藝術家特有的敏銳感性，看穿春婆婆「並非普通的人類」嗎？

或是本來就是個充滿好奇心的人吧，就在大師的身影消失在門的另一端，

「您聽到了吧？」我跳過這件事把話題拉回來。「南野先生的那個。不是四月一日，而是提早一星期。」

「我不是故意偷聽的。」老婆婆先辯解說。「但我的確聽到了。」

「這樣的話，從現在算起，不就只剩一星期嗎？」

「真的很遺憾。」

老婆婆一隻手伸向我，做出拍拍肩膀安慰的動作。

話雖如此，可能是因為隔著桌子，手並沒有真的碰到我。仔細一想，之前即使像這樣坐在旁邊，也不曾碰觸過老婆婆的身體。

「可是那也是沒辦法的事。這世間有遠距離心卻連在一起的情侶，以及距離近心卻離很遠的情侶，這兩種情形也是常態。

其他的事情道理也相同，什麼情情愛愛其結果不得而知。戀愛如同野鳥一般，以為逃走了卻仍在手掌心中，也是有像這樣的歌詞。」

老婆婆諄諄教誨。的確如她所說，

「先不提這個，可能是我多管閒事吧──」

「是，什麼事呢？」

「差不多該把心力放在工作上了吧？剛剛妳不是對女刑警說『快要截稿了』嗎？」

「嗯，說是快要，其實是明天，但稿子幾乎已經完成了。剩下把文章整理好，傍晚還要出去辦兩件事──」

「這樣的話得把該辦的事情辦完才行。」老婆婆語氣溫和卻很堅持。「否則，別說都心的高級地段了，連這附近的房租都付不起了。」

被說到痛處了。現在的我所需要的就是這樣的建議，我向她道謝後，回到自己的座位上。

不知何時老婆婆的身影消失，身為大眾餐廳裡唯一客人的我續了一杯咖啡後，開始敲打起鍵盤。

2

隔天，天空依舊清澈無雲，比起昨天季節彷彿回來了一些，是個令人感到寒意的日子。

一到中午我很快就抵達餐廳，客人一如往常稀稀落落，沒看到春婆婆。我只好向女服務生（和昨天一樣的人）點咖啡，確認電子郵件後，視線一角有個暗淡的顏色閃動著。這家店的隱含象徵，正晃動著和服袖子，向我揮手。

我直接走向裡頭的位置。因為我是拿著包包移動，還拿起做為小道具的手機，老婆婆看我這樣後輕輕搖搖頭。似乎知道今天在店裡的客人全是「看得到的人」。

「那次之後工作進行得怎麼樣?」

「託您的福順利完成，上午已經將稿子寄出去了。所以我今天來這裡，不是為了寫稿——」

「也不是為了等那個人?」

「是的，我是為了見春婆婆，有事跟您商量才過來的。您還記得吧，我昨天拿的筆盒。」

我說，並從包包裡拿出那個筆盒放在桌子上。圓弧狀的銀色筆盒在桌上晃了一下停下來。

「當時在南野先生他們面前打開筆盒時，裡頭只有一支修正筆。」

「的確是這樣，有問題嗎?」

「那支筆不見了。就在我晚上回到家的這段期間裡。我在家打開筆盒一看，裡頭竟然空空如也。

昨天離開這裡後，我繞去了兩個地方。這段期間包包曾經離開過身邊——我離席時把包包放在座位上。

可是，就算是這樣，為什麼修正筆會從筆盒不見呢?是誰，又是為了什麼，要拿走既不貴重又用到一半的修正筆呢?

最重要的是如何拿走的呢？跟那時給大家看的時候一樣，筆盒是上鎖的。」

老婆婆微歪著頭，直盯著我的臉，

「妳的意思是我會知道為什麼嗎？」

「要說有誰會知道的話，非春婆婆莫屬。」

「真是高估我了，至少要告訴我更仔細的狀況。」

「嗯，當然我也是這麼想的。」

我先這麼說，然後開始講起昨天的事，也就是與春婆婆分開後的狀況。

「首先是大家都離開之後。我照春婆婆所說專心在工作上，在這家店將稿子修正完畢。剛好也沒其他的客人，是正適合專心工作的環境。」

如果要取名稱的話，就是「修正筆遺失事件」。因為是從上鎖的筆盒中遺失的，在懸疑犯罪小說裡算是密室事件——也不是不能這麼說，但畢竟只是物品，聽起來挺遜的。

可是，正因為是可有可無的東西，動機方面更令人不解，可見得不是開玩笑的，於是我向春婆婆繼續說明。

我在春婆婆消失後約一個半小時都在這家餐廳工作。這段期間筆盒就這麼放在桌上，我自己有時也會去店裡的廁所或旁邊的公共電話打電話。雖然也會使用和老婆婆說話時的小工具也就是用手機來打電話，但其實電池已經沒電了。

「可是這段期間內既沒有新的客人進來，也沒有可疑的人物進出。這點不會有錯。因為剛剛女服務生跟我保證過了。」

我將稿子做最後的潤飾，神清氣爽地離開餐廳。本想回公寓一趟，結果仍直接前往車站。因為要趕上傍晚開始的電影試映會。

「原本我打算如果有時間我會繞回公寓，將工作相關的行李先放在家裡，拿小一點的包包出門。」

若這樣就會連筆盒也跟著放在家裡，但結果因為來不及我是一起帶著走的。

我先參加神保町的試映會，之後去新宿，和三名同是寫手的朋友吃飯兼交換資訊。那是有一點時髦的居酒屋，但大家的經濟狀態都跟我差不多，也有人快要截稿了，所以沒喝太多也沒待太久便解散，過了晚間十點回到公寓。

之後，十點半左右有電話進來，是南野先生，以下是大致的對話。

「今天真不好意思，妳嚇一跳了吧。」

「嗯，因為——」

「希望妳別誤會，她沒那麼壞，她對任何人幾乎都是這樣。」

我無法馬上理解南野先生在說什麼。

「啊，你在說小椋小姐嗎？」

「對，她對寺坂小姐——」

「那沒關係。」的確是感覺不太好的女刑警，但現在早就忘得一乾二淨。「如果要道歉的話，不是小椋小姐而是別的事吧？」

「欸？」

「我指的是異動的事情。要提早一星期。」

「我要為這件事道歉也很怪吧。」

「不是因為提早，而是因為你沒跟我說。」

「今天不是說了嗎？」

「就說不是這問題——」

並不是吵架，也不是在爭論什麼。只是我和南野先生都必須辯解般有點劍拔弩張地說話。

「我好難過。」我對老婆婆說。「不是指必須大吵一番的地步。當然，我也沒有想跟他吵，掛上電話前我們就回到原本的狀態了。」

「可是，」老婆婆溫柔地說。「這跟剛剛的事情沒關係吧。」

對喔，我連忙把話題拉回來。

「掛掉電話後，我轉換心情，再看一遍那個連載的稿子。畢竟隔天就是截稿日，再多檢查幾遍也不嫌多。

然後我想是不是可以在筆盒蓋子打開的觸感上多描述一下，於是再把筆盒拿出來。接著我唸出密碼想打開筆盒，卻打不開。」

「打不開？」

「嗯，那時我的聲音變了——可能跟很多人說話，所以有點沙啞，想說這樣不行，所以就吃了喉糖再試一遍，這才終於開了。可是——」

我唸出昨天被南野先生笑的密碼「截稿日最優先」把筆盒蓋子打開，讓老婆婆看裡頭的狀況。

「的確跟妳說的一樣，什麼都沒有呢。」

「當然也不是離開時蓋子開啟，東西掉到包包裡。」我蓋上蓋子。「究竟是怎麼回事呢？」

春婆婆手指抵著下巴思索著，露出比平時還可愛的「可愛老婆婆」人偶般的表情，

「妳能告訴我這個筆盒鎖的構造嗎？昨天向那位刑警先生解釋時我雖然從旁也幾乎聽到了，但為以防萬一想再聽一遍。」

於是我重新再說一遍。那是語音辯識的鎖，在三十秒以內重覆三次一定的長度——四個字到十個字，用這個做為密碼就可以登錄。

「重覆唸三次來決定密碼，然後會在下次啟動。」老婆婆確認說。「也就是唸到第四次時，蓋子就會打開吧。」

「嗯，就是這樣。」

「那麼，蓋蓋子時，是一個人把鎖鎖上的嗎？」

「是的。」

筆盒不只聽密碼也會辯識聲音，即使密碼唸正確，若不是登錄者的聲音也打不開。密碼可以重新設定——雖然能以同樣的方式登錄新的口號，但能這麼做的只有一開始登錄者的聲音而已——

「換言之筆盒的主人——這狀況只要不是我，就不能解鎖或更改密碼。」

「似乎是這樣。」老婆婆點頭同意。「只要鎖的構造沒壞的話。」

「可是，不可能壞掉的。我在南野先生面前示範過了——」看到老婆婆的表情，我改口說。「實際表演時，春婆婆也看到了吧？」

「嗯，的確是看到了。」

「筆盒是依據我的聲音和我設定的密碼才能開啟，之後小椋小姐說了同樣的密碼也沒反應。代表鎖的系統確實在運作吧？」

「的確看起來是這樣。」

「可是，」我接著說。「那時明明還在的修正筆，晚上回家一看卻不見了。也就是說，能拿走修正筆的，應該是在筆盒的鎖打開的那段時間才對。」

「當然，是這樣沒錯。」

「然後，在那段期間我說了那句密碼，這件事我很肯定。」我充滿自信地斷言說。

「『截稿日優先』是平時就謹守的座右銘，但還不到『最優先』，而且就算這麼想也不會說出口，所以才設為密碼的。」

「這樣的話，究竟是怎麼回事呢？」

「我想了很多種狀況，」我說。畢竟再怎麼樣也不能自己什麼也沒想，就直接把問題丟給春婆婆。「癥結點是不是在於密碼變了呢？我只想到這個原因。昨天晚上起初沒有順利開啟並不是我的聲音變得很奇怪，而是因為這個緣故。

後來之所以打得開是接著說了好幾次原本的密碼。說三次時密碼就被重新設定，而回到『截稿日最優先』。所以之前會不會是別的密碼呢？」

「哦哦。」老婆婆親切地附和著。「請接著說下去。」

「想到這裡，我仔細回想昨天發生的事。如果是重覆說同樣的話，昨天的試映會上看的懸疑片中的確有。

主角的偵探常常說『真凶是別人』，這句話雖然是五個字，但再怎麼樣也不可能三十秒說三次。更何況那是演員的聲音，又不是我的。

看電影的期間內密碼改變，不知何時被解鎖，不該會有這種事的。」

「妳說得沒錯。」

「那麼，之後我和寫手同好們用餐時的狀況——」

我接著說下去。

「我剛好坐在靠走道的位置，幫大家一起點餐，所以向店家重覆同樣的話。其中可能是四個字或十個字，雖然不可能清楚記得。

大概是『威士忌加冰塊』、『螺絲起子』、『純燒酒』之類的。不過不管哪一個我想都不可能三十秒內重覆說三次啊。」

「而且，」老婆婆舉起食指。「剛剛也說了，直到蓋子開啟之前，同樣的話要說四次，而且必須是真以的聲音才行吧。」

「對啊。三十秒以內三次，之後還要再說一次。」之後的那句可以隔一段時間沒關係，但總共要四次。

「那就更不可能了。」老婆婆說。「我不認為會點同樣的飲料。每個人都點酒，而且聽起來是很烈的酒，聽妳剛剛說的，大家都是有節制的人。」

「所以，最後只能舉手投降了。」

我將剛剛一直拿在手中的筆盒扔在桌上。談話中如果有說到密碼就會解鎖，但粗暴地扔它蓋子卻不會打開。可見得有多紮實。

「而且還有另一個問題。就算退一百步，因為某種原因造成密碼重新設定，而開啟了蓋子。

假設是這樣就是我包包中的問題了。包包裡有筆盒而且還是解鎖狀態的這件事應該沒有任何人知道，說得更仔細一點，應該沒有人對筆盒有興趣。

如果是哪家銀行保險箱的鎖，或是寶石店後門的鎖打開的話就另當別論。這樣的話應該有很多人會有興趣。」

「我懂妳的意思。」老婆婆點點頭。「即使是像我這樣不問世事的人也懂。」

「如果被解鎖的話，有機會打開蓋子的人就多了。」我接下去說。「在試映會的會場，且和大家一起去的居酒屋，我把包包放著離開座位的這段時間。話雖如此，到底是誰知道包包裡有筆盒呢？而且再退一百步，就算知道，又有誰會特意去拿修正筆呢？附近的便利商店就有賣，才幾百日圓一支。」

「為慎重起見我想問一下，」春婆婆說。「雖然應該不可能，一起吃飯的那些人之中，有沒有人當場在工作呢——」

「當然沒有。」

寫手同好之間雖然也有怪咖，但在居酒屋桌上改稿而需要修正筆的人，逕自翻找別人的包包中拿出修正筆使用——絕不可能有這種事的（應該）。

「換言之，就是懸疑小說中常見的『是誰』、『為何』以及『如何』的事件了。」

「妳說得沒錯。」

老婆婆聳聳和服的肩膀，像是替我保住面子後說：

「有一件事想確認——」

「什麼事呢？」

「真以會想跟警方商量這次的事件嗎？」

老婆婆認真地問著連我也沒想過的事。

「警察？」

「因為真以的包包裡有一樣東西不見了，確實是有人拿走了吧？」

「是沒錯啦，不過，這種不重要的東西不需要驚動到警方吧。」

「可是，警方裡不是有那位嗎？若跟警方商量的話不就能跟他說說話了嗎？或許能增加見面的機會。

「若因為一支修正筆而增加他的工作就太可憐了。尤其是在忙得不可開交的時候。」而且說不定不是南野先生負責，而是那位女刑警，我心想。當然最有可能的是根本不會被當成竊盜案處理。

「我懂了，既然妳這麼想的話。」老婆婆點點頭。「那樣就好。這樣的話在這裡做出結論也沒關係吧？」

「欸？」我發出愚蠢的聲音。「也就是說，您已經知道真相了？」

「我沒有自信肯定沒有錯。只不過十之八九，不，再高一點，如果事情是這樣的話——」

「洗耳恭聽。」

如同前幾次那樣，我從大眾餐廳的椅子上起身探出身子傾聽，老婆婆彬彬有禮地娓娓道來。

3

「一直在討論的那個筆盒，似乎挺難對付的。我之所以這麼說是除了需要密碼之外，還有在說這句密碼時，蓋子也不會自己彈開。

跟童話故事裡常出現的，說出『芝麻開門！』就會自動打開的情形不一樣。這道鎖的構造，應該怎麼形容呢——」

「語音辯識。」

「嗯。就是這種新構造，從我這老婆子來看簡直像魔法一樣，這樣就希望能像那故事裡洞窟的大門一樣，可以自動開啟。若非如此，好不容易吟唱出咒語卻沒有效果。

然而，蓋子卻文風不動，光看外觀蓋子不知是上了鎖還是鎖開了，若不花點功夫確認這部分會難以釐清。」

的確如春婆婆所說，就是這裡分不清楚。

「這部分我也問過了，昨天妳回自宅時——筆盒上了鎖，唸了密碼也沒馬上開啟，好不容易開啟了，裡頭卻空無一物的時候。

在那之前，最後是什麼時候確認鎖是鎖上的呢？不管是真以或是其他人，想打開時卻無法打開。」
「在南野先生他們面前實際表演的時候吧。」
「說得仔細一點，是實際表演完畢之後。」老婆婆確認地問道，我點頭肯定。「這是在一開始就確認的嗎？」
「一開始？」
「剛剛那件事，昨天，在這家店的時候，一開始就確認了嗎？」
「應該是實際表演的時候，算是第一次確認吧。」
「那麼反過來，知道鎖開啟呢？」
「實際表演的途中。我說了密碼──『截稿日最優先』，小椋小姐就立刻打開了。」
「是的，的確是這樣。真以小姐說出這句話後蓋子就開啟，幾乎是一瞬間。」
老婆婆點頭說。
「可是，確認蓋子上了鎖之後狀況如何呢？那件事與現在這件事，『真以小姐說了密碼蓋子就會開啟』之間僅過了一時間。
在這段期間，是不是發生了什麼事？」
我試著去回想。有發生什麼事嗎？
「我之所以這麼說，」老婆婆雙手整齊地放在膝蓋上，冷靜沉著地表示：「是因為昨天我從真以口中聽到兩次重覆的話。第一次是剛剛妳說的，在蓋子開啟前。然後第二次是，剛剛妳說的，最後確認蓋子上鎖之後。」

「咦？」

「我在想是不是正因為這樣才變成密碼了呢？假設『實際表演』開始之前口號就改變了，昨天所發生的事就說得通了。」

「可是，我真的說了那種話嗎？實際表演的途中和結束之後的兩次都說了兩次？符合密碼的條件是四個字到十個字哦？」

「是，的確是這樣。」

老婆婆點頭說道。

「然後當然比實際表演更早之前，也就是我不在現場時，同樣的話妳應該說了三次。畢竟是人名，所以短時間內重覆說也不奇怪。尤其是在意料之外的地方遇到意料之外的人，令人難以置信的狀況下。」

我腦中浮現出那位的名字。

「可是名字是十個字到十二個字的人——」

「以日本人來說的話是有點長，所以就得在後面加個什麼稱呼，比如說——」

「比如說『大師』——」

我的背後傳來另一個聲音，回頭一看，竟然是那位——佐伯勝大師戴著昨天手裡拿著的綠色帽子，穿著茶色的蘇格蘭毛料上衣，臉上滿面笑意。

「昨天不好意思了。我是來還這個的。」

他拿下帽子，深深一鞠躬後，拿出與優雅舉止不相稱的現代物品——修正筆，放在我的手心上。

也就是說，是佐伯大師拿走了我的修正筆嗎？大師會做這種事嗎？為什麼呢？

我雖然有點混亂但仍然可以計算數字。「佐伯大師」剛好是四個字，不禁恍然大悟。然後昨天小椋小姐說出落語「壽限無」的理由也是一樣的，因為那個落語講的是「名字很長」的人名。

跟剛剛老婆婆說得一樣，若是人名的話連續說出口也不奇怪。但因為日本人名字十個字以上的不多，實際上應該不用去考慮到才對——竟然這麼短的時間就能想到這部分，那位女刑警或許是觀察力很敏銳的人。

「哎呀，趕上了真是太好了。」

大師仍綻放著笑容說。

「果然默默拿走別人的東西感覺很不好。那位女服務生通知我妳人在這兒，很想立刻跑過來，但剛好手邊有工作，所以等繪圖顏料乾了才過來。」

「服務生小姐？」

「我拜託她的。如果上次那位女寫手或幸田春女士來店裡的話，請她跟我聯絡。」

「聯絡？」我感到有些不舒服，於是向剛好來到附近的女服務生詢問：「本店會像這樣告訴客人其他客人的事情嗎？」

「當然不是每個客人都這樣。」女服務生將托盤抱在胸前，陶醉般的語氣說：「可是因為是佐伯勝大師，他那麼有名。」

「是嗎？」我頓時想起來。「我詢問妳昨天的事情時，之後既沒有新來的客人，也沒有可疑的人──妳當時是這麼說的，當然不包括佐伯勝大師吧？」

「我是之前就來店裡的客人，而且只是折返回來拿忘記的東西，所以判斷不是可疑人物而已。」佐伯大師從旁解釋。「小有名氣，真的是太好了。」

「若是這樣，究竟是怎麼回事呢？」

我腦中隱約浮現出昨天事情的輪廓，但仍無法形成清晰的形狀。

「可以的話。」佐伯大師說。「希望能聽聽春女士的意見。我可以坐在這裡嗎？」

「嗯，當然可以。」

佐伯大師在我旁邊坐下來，春婆婆重新娓娓道來。

「以下所說的事，有些是並未親眼所見，有些即使親眼所見，在當時也還不明白。從之後發生的事情回頭來看，看起來『肯定是這樣沒錯』，我現在要講的是自以為的推論，這部分懇請見諒。

昨天，真以在這家店時與畫家佐伯大師比鄰而坐，那時我訝異的是她竟然重覆提到三次大師的名字。我能理解年輕氣盛的年輕人，意外遇見名人時的確會有這反應。

然後，從真以拿著的筆盒構造來看，大師的姓名——後面加上『大師』的稱謂，即成為打開蓋子的密碼。只不過當時剛好變成這樣密碼，但鎖尚未開啟。

之後，真以剛好在刑警先生他們面前實際演筆盒的結構，表示筆盒是上鎖的，剛好在那之後，女刑警將擺在桌上的鉛筆弄掉，而佐伯大師把筆撿起來給她。

這位女刑警似乎對紳士般的言行舉止不習慣，而態度有些不客氣，真以責難似地說『坐在隔壁的是那位佐伯勝大師』，這句話成了第四次，造成筆盒蓋子的鎖開啟了。

話雖如此，蓋子並不是自動彈起來的裝置，真以不自知而說了舊的密碼。由於之後蓋子可以開啟，而以為之前的密碼仍有效。

對於這件事有所懷疑的人只有一位，並不是同桌的刑警們，而是坐在隔壁的佐伯大師。」

我盯著大師的臉，他一直保持來店裡時的笑容，看不出表情有任何變化。而春婆婆也沒特別察覺大師的反應。

「大師不經意聽到真以小姐妳們的談話，想起前面發生的事，發現其實自己的名字成為了密碼，現在蓋子順利開啟的原因並不是真以小姐想的那樣——他這麼認為。」

不知道是不是想確認這件事，但大師的心理我並不清楚。不至於為了只有自己知道原因而洋洋得意，但為了某個理由，大師確實有『希望能打開一下那個筆盒』的念頭。

然後，刑警先生他們回去，蓋上蓋子的筆盒再度上了鎖。」

春婆婆接著說。微小卻很有力道的聲音，冷靜地說出腦海中思索出的真相，以及不多餘的字彙，似乎是顧慮到雙方的感覺。

「那時候，本來應該回去的佐伯大師又折返回來，對真以說，希望介紹我這個坐在角落上的老婆子。

真以那時當然也慎重地說出『佐伯勝大師』，因此筆盒再次解鎖，只不是蓋子蓋上後，真以沒發現這件事，變成跟實際表演途中同樣的狀況。

介紹他這個人——不用說大師向真以小姐這麼說是這麼做比較方便。若非如此，大師身為有名的畫家，沒有理由想要認識我。」

「不、不。」這時佐伯大師大喊。「春女士誤會了。當然這個說法很方便，但若只是這樣就——」

「像這樣半達成目的的佐伯大師，即使回去了。」

老婆婆彷彿打斷大師的抗議，還是根本不聽，仍態度溫和地繼續說下去。

「大師之後又折返從外頭觀察狀況，看到真以離席後再次進來店裡。

以『忘了東西』為藉口，對似乎是大師鐵粉的服務生這麼蒙混過去，假裝要回到原本的位置，打開真以的筆盒拿走裡頭的修正筆吧。

這時大師闔上蓋子的話，就變成裡頭空無一物，蓋子上了鎖且密碼和以前不同的筆盒了。

真以帶著這樣的筆盒走了半天，這段期間筆盒的鎖沒有被解鎖，蓋子也沒有打開，也沒有拿出裡頭的東西。因為這些全都是離開這家店前的事。」

我嘆口氣。這樣的確說得通。從「犯人」本身的言行舉止來看，那肯定就是真相。

「也就是說，拿走修正筆的是佐伯大師。我自己不曉得已經改變密碼，大師察覺到這件事而趁人之危。」

我輪流看著老婆婆和大師的臉，確認說道。

「然後事發現場是這家店，服務生說沒有任何人進出——完全不可靠的證人說出這樣的證詞。」

「可是，」佐伯大師反駁說。「那位女服務生並沒有說謊。」

或許是這樣。先不提這個，這個「事件」的謎團是我剛剛所提出來的，還有一個問題尚未解決。

「動機是什麼呢？為什麼大師要做這種事？想小小惡作劇一下，還是因為畫彈出式繪本，而對這種鎖有興趣呢？」

「兩個原因都有。只不過還有另一個，那是最大的原因。」

「那是什麼呢？」

「昨天妳和那兩位刑警提到關於春女士的傳聞吧。我是因為聽到這個。不知道為什麼，他們似乎沒發現春女士本人就坐在餐廳的角落裡。

傳聞中如阿嘉莎・克莉絲蒂小說中那快刀斬亂麻的名偵探。說是向那位名偵探挑戰——也太蠢了，只是想表演一下犯人的角色，聽聽她的名推理而已。挑起肯定會輸的競爭，還真是有點佩服我自己。

話雖如此，剛剛春女士說錯了一件事，昨天我所說的不只是圖個方便而已。」

大師雙手攤在桌上，雖然是半玩笑的語氣，但眼神仍筆直看著我。

「我已經很久都沒見過穿和服如此典雅、端莊且優雅的人了。

而且再加上她精采的推理。剛剛這裡的服務生小姐說是我的鐵粉，但現在我是春女士的粉絲了。」

我看著被拿出來比較的女服務生的表情，她聽到這句話不僅沒有感到嫉妒，似乎還愈來愈滿意。原本這家店的工作人員就很崇拜春女士，從她眼中來看兩位偶像彼此成為朋友一樣。

「不，我說得太多了。我就在這裡退下了吧。」

原本是這家餐廳店裡，春婆婆才有的特權——什麼都不吃什麼都不喝——而若無其事行使這項特權的大師，從我旁邊的椅子站起來，

「我住的地方離這裡不遠，我在那裡畫畫、看書，休息時散散步已是我每天的例行

功課了。

以後我在散步途中，會常常繞過來這家店。到時再見面吧。」

大師帥氣地拋下這句後，便大步往門口方向走去。

我目送完他離開的身影後，對坐在對面的春婆婆說：

「我覺得有一點很奇怪。」

「什麼事？」

「昨天我和寫手同好們用餐時，我應該說了遇見佐伯大師的事。然而，回家時筆盒的鎖卻沒開啟。那又是為什麼——」

我說到一半就停下來，

「啊，原來是這樣。」我自己也察覺到。「那時記得我省略了稱謂，只說『見到佐伯勝』，只要沒稱呼『大師』，就不會成為密碼。

「是的。」老婆婆溫柔卻又有些無精打采的樣子。「那件事先放一邊，我覺得有點累。」

似乎馬上就要融化於背景裡的感覺，但我不想讓她離開，

「您怎麼想？」

「什麼怎麼想？」

「您對佐伯大師怎麼想。雖然他說是春女士的紛絲，但說不定——」

春女士依舊彬彬有禮地似乎要說什麼，

「抱歉失禮了。」

我的身後又傳來聲音，

「我來拿這個。」

佐伯大師這次真的忘記東西——他將暗綠色帽子從椅子上拿起來，禮貌地一鞠躬再度離開。

無防備的海格力斯謎團

1

與久違的山田先生再次見面是在四月初，已然光臨的春天彷彿折返回去拿失物般，這是一個冷冽的上午。地點是我當作工作場所的大眾餐廳，而山田先生正是這家店的店長。

我依照慣例捧著筆電和工作用的資料進到店裡，在裡頭的位置，幸田春婆婆的指定席旁邊站著穿著制服的山田先生。

上午這樣的情形並不罕見，客席上沒有其他人。所以店長就算閒著沒事似地站在店裡的角落，（瞥了一下我）和一如往常穿著樸素和服的春婆婆交談，也沒問題。

話雖如此，這樣的景象仍有哪裡怪怪的。其實怪的不是身為幽靈的老婆婆，而是山田先生，即使離得很遠也感覺得到他散發著一股和平常不同的氛圍，慢慢靠近後才清楚為什麼會這樣。

髮型一如往常地一片瀏海垂落在寬大的額頭上，但那片瀏海感覺形成的陰影比平時更大。可能是心理作用吧，沒有一絲皺摺的白上衣看起來過大而鬆鬆垮垮的。

「未來都會有好事發生的，畢竟山田先生這麼帥。」

春婆婆那可愛的圓臉龐抬頭看著對方，一邊說。總之我坐在窗戶邊的座位，思考著兩件事。

一件事是老婆婆從以前就誇山田先生「帥」，為何我無法由衷認同這件事呢？另一件事，山田先生看起來不對勁——或許是戀愛問題，也就是與傳聞中交往的相親對象發生了什麼事。直截了當說，想必是失戀了吧。

「歡迎光臨。」

山田先生本想喚我過去，老婆婆卻快一步向我招手。我就這麼往那邊走去，

「我說啊，」老婆婆慎重地壓低聲音。「請您別向山田先生問起上次藤野小姐的事。」

果然是這樣，我內心暗忖。不久，

「別再跟我提到藤野小姐的事了。」

回來的店長一邊替我倒水，沉重似地宣告說，

「我知道了。」我承諾說。「連藤野小姐的『藤』字都不會提。」

「謝謝。」他低頭道謝。「那麼，寺坂小姐還好嗎？」

「什麼還好嗎？」

「請恕我多管閒事，和上次的刑警先生的交往還順利嗎？他姓南野吧？」

明明是自己失戀卻想打聽我的戀愛狀況。顧慮我的親切態度感覺也很雞婆。

「關於這件事，其實——」

我對店長說。一開始有些顧慮，但一旦開口就停不下來。就好似吃了一口食物，才發現原來肚子很餓。

南野先生的職務調動——本來是預定本月一日，但提早約一星期前往警視廳，他配合這行動已經搬到都心了。之前就聽說調動的部門比以前還要忙，事實上也的確如此，甚至連下次的約會時間都還沒決定。

「結果就是，這段期間他偶爾有空的時候會把我叫過去——這樣的形式就能見面了。」

我顧不到自己的面子，向剛失戀的店長和非人類的老婆婆，一股腦兒拚命抱怨。

「南野先生任職於前面的警察署，我是自由撰稿人。大部分的時間不是在自己的公寓就在這家店寫稿。」

原本來這家店是為了寫稿，結果像這樣閒聊的時間反而比較多——閃過這個念頭，卻又趕緊否定。再怎樣都不可能這樣的（應該）。

「多虧他有心，在晝夜不分的勤務中仍想辦法見面。這表示他認真看待我們的關係。」我接著說。「當然，不能見面的時候能講電話，或傳電子郵件等用各種方法聯絡，但這樣簡直是遠距離戀愛⋯⋯」

話還沒說完，春婆婆以不同於平日溫和的態度，用電光石火的速度給我使眼色。我這才立刻想到，聽說店長的相親對象出國留學半年了。聽說他們用電話或傳訊息持續交往，但看來這樣也無法繼續下去。

我話停下來，原本就陰沉沒有活力的餐廳角落上，出現片刻尷尬的沉默。

「那麼，」店長用試圖轉換心情的說法開口。「被調動到警視廳並不是壞事吧。」

「嗯，看來是這樣。為了南野先生的前途來說的話。」

我一邊點頭，重新再看店長的臉。果然如春婆婆所說他並非長得不稱頭。額頭有一點寬，眼睛有點太過深邃，下巴有一點過長。這些全部湊在一起，散發「如果是演員，最適合電影中吸血鬼的角色」的氣息。

再加上以前曾見過一次他穿便服的感覺。品味遊走邊緣，看起來有點壞壞的。再加上個頭高大，看起來簡直像流氓。雖然本人很認真，基本上大概是個好人。

「然後，他介紹調職後接替工作的刑警給我認識。」我也為了改變話題而繼續說下去。「特地把對方帶來這家店，他說發生什麼事時可以互相商量。」

「啊，」店長問：「那接替的人是男性嗎？」

「不是，是女人。比我年輕一些，姓小椋。」

我不以為意地說出上個月在這家店見過面，給人感覺有點差的女刑警姓氏。沒想到——

「女刑警小椋小姐嗎？」

店長的反應出乎我意料。

「難不成，」店長似乎想起什麼似地瞇著眼。「她的名字是不是小椋敏惠呢？」

「是，我記得沒錯，名片上的確是這麼寫的。」

店長一一確認她的漢字，我搜尋著記憶邊點頭。店長說：「這樣的話……」表情頓時一亮。「我曾經見過那個人。距今三年前，地點在澀谷區的高級住宅地。那是我朋友家，因為當時發生了某起事件。」

「事件？」我接著問道。「那起事件是小椋小姐負責的嗎？」

「對，是中年男性與新人女性——雖然派了兩名刑警來，但解決的人是小椋小姐。他用崇拜的語氣說。「手腕高超，而且還很漂亮。」

「咦？」

雖然這反應對小椋小姐不好意思，但我不禁訝異地探出身子。

「搞不好，你提到的是另一個人……」

「不，不可能有這種事吧。」店長很堅持。「東京的警察官同年齡又同名同姓。而且又不是很常見的名字，應該是同一個人吧。」

我想起小椋小姐的臉。或許並沒有太大的缺點。若沒有不悅地皺著眉的話，眼睛還算可愛，兩邊的嘴角若沒有傲慢地下垂，還算有魅力的嘴巴。這麼說來鼻梁感覺也很挺。

若這些五官都很立體的話，或許是漂亮的吧。我愈來愈同意他的說法，但現在臉上全是肉，五官都被埋沒了。

「會不會是那位有點變胖了呢？」

沉默半晌的春婆婆一如往常地溫柔卻清楚說出我心中的想法，

「不是的。」店長斷然否認。「身材不僅很瘦，穿著黑色褲裝很帥氣，還留著一頭長直髮。」

我和春婆婆四目相對。雖然不認為是同一號人物，但推論起來應該就是她。也許那位小椋小姐當時比現在還瘦十五公斤以上，同時也沒有疏於保養頭髮吧。

「那麼，那起事件是——」

「也不是什麼嚴重的事件，」店長沉重地說。「有點古怪的事件，而且在這起事件中，我這個人也達成了還算重要的角色。」

「是擔任偵探的角色，與小椋小姐一起解決事件嗎？」

我問完後，店長說：

「不，並不是那種了不起的角色。」

「那麼是犯人嗎？」

「為什麼一下子跳到那麼遠呢？」

「那麼是嫌疑犯嗎？」

「這樣也沒離開剛剛的範圍吧，寺坂小姐眼中的我是這種人嗎？」

「不是的。」我含糊過去。「不然就是目擊者或證人嗎？」

「也不是這樣的。」

「那麼是什麼呢？還有，那起事件究竟是什麼呢？」

「如果有時間的話，我就向兩位說明事情經過吧。剛好店裡也很空。」

於是春婆婆和我便聽關係者之一的店長講述在高級宅區發生的「古怪事件」的經過。

究竟是什麼事呢，覺得有點興奮。對店長本身而言，聊聊這件事或許也能轉換一下最近惱人的心情。

雖然轉換程度仍然有限，至少能有些許幫助。

2

「事件發生在三年前的初夏，我在休假日時去新宿西口附近逛逛的時候。從以前就一直使用的相機壞了，出門送去修理後正要回家。

『山田？』這時有人叫我的名字，還在想會是誰時，原來是大學同窗的柿澤毅。我和隸屬於富二代團體的他並沒有一起做過什麼事，在教室遇見的話會聊個幾句，非常一般般的同班同學關係。

『好久不見了呢，自畢業以來就沒見過面了吧？六年？還是七年沒見了呢？』

脣紅齒白的帥哥柿澤，眼尾有些下垂，即便如此仍不減男子漢的魅力。雖然是他自己主動打招呼，但表情有點恍神的樣子，

『對了，現在有時間嗎？』

突然急著進入正題般地直盯著我的臉，似乎想到什麼似地。

『沒想到會遇到山田，有事想拜託你。方便的話能否去那邊的咖啡店聊聊。』

於是兩人便進到咖啡店裡，以下是柿澤拜託我的事。

『我父親沒見過你吧。他已經七十多歲了，自幾年前生病以來，身體似乎愈來愈差，但卻人老心不老。雖然從公司經營的第一線退下來，但偶爾還是會進公司下命令，某種層面上算是精神奕奕地在管事。』

大約一星期前，父親收到了一封奇怪的信。

『奇怪的信？』

『對，沒有寄信者的名字，郵戳是池袋還是哪裡的。收件人姓名或本文都是用列印輸出，所以寫信的人是誰，是男是女都不得而知。

內容是這樣的：五月二十五日，晚上十點，將取走府上的海格力斯雕像。要報警

也請便，我一定會造訪府上——』

『那就是……』

『小偷寄來的犯罪預告。一種類似挑戰書的東西。』

我驚訝小偷的大膽無懼，但另一方面又好奇海格力斯是怎樣的雕像。

我向柿澤詢問雕像的事，他說那是父親龍造年輕時前往法國遊學時購入的青銅製雕像，高有五十公分，擺在父親書房書架上做為裝飾。

由於我想像的是等身大的石像之類的，不知如何偷盜這麼大的物件而覺得不可思議，但這麼小的話我就明白了，不過，既然是金屬製，

『小歸小，不是挺重的嗎？』

『是的，還有個硬邦邦的臺座，再加上海格力斯渾身肌肉，還拿著粗的棍棒什麼的。』

如果是魁梧的男性也是能夠抱著跑，會被偷走也不是絕無可能。柿澤這麼說道。

說到藝術品的價值，這雕像的作者並非特別有名的人，以學生來說是高價品，似乎是這樣，但對龍造卻是充滿回憶並珍藏的物品。

『大費周章地來偷這樣的東西，是對你父親不懷好意的人吧？』我試著問。『又或者，這幾十年間雕像價格上漲了？如果沒有，就是其實沒有要來偷的意思，只是個惡作劇。』

『這些可能性都要懷疑才對。』柿澤點頭說。『總而言之，得萬分小心才行。』

『這是當然。』

『預告信上寫著要報警也請便，但父親卻不打算這麼做。他原本個性就好強，認為自己的身體要靠自己來守護，而且也很倔強。』

所以犯人主動說『可以報警』，他反而逞強『怎麼能報警』。結果就是這樣吧。

『這樣也無妨，我勸父親至少要把雕像收進保險箱裡，但他並不聽我這個兒子的建議。』

柿澤皺起眉頭，嘆口氣後搖搖頭。

『日子就這麼過去了，離預告的日期還剩兩天。』

對，五月二十五日就是後天。

『已經都二十三日了，但雕像仍擺在書房裡。雖說是在二樓，但也太毫無防備了。我家裡的人有父親、妹妹小碧，以及家政婦良江女士——是從以前就在家裡工作，母親過世之後就住進來打理家務的高齡婦女。可是男生就只有父親，多少有些力氣的只有我一個人。

所以，我今天看到山田先生才想拜託你。』

他的確一開始就這麼說過了。

『你要拜託我什麼？』

『只有家人的話覺得放心不下，所以想請你幫忙。只不過，這是我們兩人的祕密。若跟父親說我拜託其他人的話，他肯定不會同意而囉哩囉嗦。

所以，不好意思，後天的晚上麻煩您來我家一趟，在我家附近巡邏。家中範圍由我來安排，請你巡視外面的範圍。而這件事只有你知我知而已。』

柿澤拜託他的就是這件事。後天的話，工作預計只到傍晚就結束，並不是不能商量的。

『只不過，我得先聲明，』我覺得不能讓他誤會。『我身為二十九歲的男人應該還是有平均的臂力……或起碼九成吧。但如果是你的話，或許能找到更厲害的幫手──』

『我明白。我和你一起上過體育課。可是山田你人高馬大的，看起來比實際強多了。

在警衛上重要的是外表這項條件。即使小偷來到我家附近，看到山田來回巡視的話，有可能會覺得棘手而放棄計劃。』

『會這麼如你所願嗎？』

『或許不會，只不過這種狀況也不會造成什麼嚴重的危險。』

柿澤認真且直勾勾地看著我。

『應該不會吧。畢竟對方不是偷偷潛入別人家，而是先特地寄來預告信，看來並非普通的小偷。』

就像小說中出現所謂的的怪盜。怪盜愛演戲，把偷盜視為智力較勁，像是遊戲一樣，而且會想要公平競爭。因為和粗暴的幫派那些人不同，不會被開槍攻擊，或突然被刺傷。』

『至少揍一拳讓人昏倒之類的。』

『沒錯。』柿澤開玩笑地向我揮拳頭。『小心這個就行了。』

柿澤這話說得輕浮，儘管不可能百分之百信任他，但聽起來也頗有道理。

那麼，結果我答應柿澤的委託。即使說話的語氣輕鬆，但時而緊張時而嘆氣的樣子顯露他很煩惱。

看他這樣子，湧起一股想幫助他的心情。或許是他這個人天生好相處，或是家庭教育很好的關係。以及，我對於事情的來龍去脈很好奇，算是愛湊熱鬧吧。

而且再加上學生時代的誰誰誰曾說『柿澤的妹妹是個大美女』的傳聞，或許和這原因並非完全無關。可是之後實際見到面，也相處一段時間，發現小碧小姐的確是美女沒錯，但應該說她說話太過直接，還是太千金小姐脾氣呢，並不是會吸引我的類型。

所以說，就是這麼回事——」

店長話說到這裡，看到我的咖啡杯空了，便禮貌地問我要續杯嗎？

雖然不是說不想喝，但我更想聽他說下去。我搖搖頭拒絕，和當然什麼也沒吃沒喝的春婆婆等待著下文。

坐在一如往常沒什麼客人在的店內角落上，大概一段時間也都不會有客人上門。話雖如此，若一直這樣門可羅雀，這家店可就不妙了。

「所以說，」店長咳了幾聲，寬大的肩膀微微搖了一下，接著說下去。「五月二十五日晚上，我在柿澤家附近的車站下車。他要我從八點左右開始巡視，大約是在十分鐘前的事。

我照約定打電話給柿澤後前往他家。服裝打扮最好是能融入附近的氣圍，特地穿西裝也很怪，而我原本就沒有T恤或POLO衫，於是我從容地穿著平時休假日穿的衣服。

即將來臨的驟雨推開了白天的熱氣，潮濕緊張的空氣中，我來到柿澤家旁。那是間兩層樓不算小的房子，透過茂密的雜草隱約看得到一樓的部分。我在門前當然沒有按門鈴，而是一邊想著柿澤事前傳來的配置圖與內部的照片，若無其事地漫步過去。

仔細想想，走在夜晚的住宅區大部分都是趕著回家的時候。很少像這樣又像散步又像漫步般的步伐走路。踩踏著濕濡的地面，感覺自己像隻野貓一樣。

住宅的居民不知都已經在家或很晚才回來，路上幾乎沒有人。

豐饒的住家之間只有一間看起來像是廢棄屋一樣的住家，我將這裡當作折返處，思索著一連串發生的事。

雖然有幾點覺得很奇怪，但某種意義上最大的疑問也是這個。為何要偷海格力斯雕像呢？

根據柿澤傳送來的照片，的確是渾身肌肉的海格力斯雕像。單手拿著棍棒，並且拿著看起來像是毛皮一樣的東西，柿澤解釋那是海格力斯的十二項豐功偉業之一——他所打倒的猛獅子的毛皮。

雖然是裸體的男子像，但看了也不會不舒服。作為藝術品來說是否有價值，素人的我還真的看不出來，既然說是有價值應該就是如此吧。

然而，雕像擺在龍造先生的書房，書房正下方的客廳裡的照片中，還拍到其他很多看起來有價值的東西。

金工打造的座鐘、銀製食器、大張的油畫或陶壺等。或許是家裡傳承下來的，又像是龍造先生中年以後獲得的，都比用學生零用錢買的海格力斯雕像有價值。從大小與形狀來看，偷起來很簡單——這說法也很怪，家中似乎仍有許多可輕易搬運的東西。

為何放著好偷的東西不偷，偏偏要偷海格力斯雕像呢？難不成犯人是希臘神話的狂熱份子，或海格力斯的瘋狂粉絲嗎？

還是說，跟藝術的價值或海格力斯無關，會不會祕密就在雕像本身呢？雕像裡頭隱藏了什麼呢？名偵探出現的懸疑小說不是會有這樣的狀況嗎？」

「有。」我想起的確有這件事而附和他。「可是這又不是石膏，犯人可以趁剛完成還很柔軟的時候將寶石埋進去，為了拿出寶石再砸破吧？」

「對。」店長點頭。「如您所知，金屬製的像或許就不會這樣了。要塞入什麼小東西都很難，要破壞的話聲音也很大吧。」

的確如此，我也這麼認為。跟店長說得一樣，若是金屬製的海格力斯雕像真相則就另當別論了。

「然後，還有一個根本性的疑問，一直在我腦海中。」店長轉向春婆婆。「我想春婆婆應該也知道是什麼事吧。」

「就是，那個吧？」老婆婆依舊溫和的態度。

「若說到奇怪之處，便是一開始信是寄給朋友的父親。究竟為什麼要寄這種信呢？這簡直太不可思議了。」

說得也是。如果真心想要海格力斯雕像的話，不需要特地寄犯案預告信，默默潛進去拿走雕像絕對是最好的方式。

「會不會其實目的並不是海格力斯雕像，而是其他的東西呢？」我試著提出想法。

「先是預告說要偷海格力斯雕像，引起那家人的注意，再趁機偷走其他的東西——」

「不，即使有這樣的盤算，到頭來也只是讓全家人更警戒而已。就像現在柿澤要我巡視四周環境一樣。」店長說到了重點。

「若犯人不是太笨的話，應該想像得到事情會變成這樣。而且最重要的是，所謂的『轉移注意力』，應該是有人在監視的狀況下來會有的想法吧？」

「這麼說的話——」

「這個柿澤家會把有價值的東西隨意放在架上，或裝飾在牆上。孩子們各有各的工作和事情，父親龍造則會藉故去公司，白天只有高齡的家政婦一個人在家，家裡應該經常沒有人。

在那樣的家裡頭，有需要像剛剛寺坂小姐所說『引開注意力』的狀況嗎？」

「沒有。」我斷然同意。「這樣的話，目的仍是海格力斯雕像囉？就算是這樣，為何要寄預告信來呢？」

既然是如此沒有警戒心的人家，偷偷潛進去才是上策，任何人都會做出這樣的結論。

「那晚，正是這樣的疑問盤旋在我腦海中。跟在住宅區走來走去盤旋的我一樣。

時間是八點半左右，附近依舊沒半個人影，我不知已經是第幾次走回柿澤家，並繞到後門。

根據柿澤的叮嚀，那邊的客房附近要特別注意。平時沒使用的房間，面向毫無人煙的馬路，再加上又是有海格力斯雕像書房的正下方，只要爬上庭園裡的樹，就能直達二樓的窗戶。

因此來到後門的馬路上時，我更加放慢腳步，跟之前一樣並無異狀，於是我看向二樓的窗戶。

龍造先生書房的窗戶拉上淡色的窗簾，隱約看得到房內的狀況，在那之前也看得出來有類似男性的身體在室內走來走去。

不知道是龍造先生，還是兒子柿澤。反覆看著這兩人之中的不知道哪位，最後，窗簾微微飄揚而清楚看到是上年紀的白髮男性。

原來他就是龍造先生啊，我的注意力被吸引過去，這時身後傳來細微的聲音，接著感到空氣的晃動。

正想回頭卻已太遲，下一秒我的後腦杓已被強力重擊。然後差不多前後的時間，我眼中看到從書房窗簾的縫隙間像是圓形重疊的兩張臉——滿頭白髮的男性和他的兒子柿澤，柿澤驚訝地張大口，因而能夠清楚看到友人柿澤的臉。

「然後我一瞬間便失去意識。視線一片漆黑，我已經倒在路上。」

店長話說完，春婆婆和我片刻說不出話來。

話題開始前，店長說三年前的這起事件自己「達成了還算重要的角色」，而且不是偵探也不是犯人與嫌犯。

的確是這樣沒錯，因為店長山田先生擔任的角色是「被害者」。

3

「之後的狀況怎麼樣了呢？」我立刻訊問店長。「海格力斯雕像真的被偷走了嗎？犯人是誰呢？」

「山田先生沒受傷吧？」春婆婆問。「我完全不曉得三年前您曾遭遇過那種事。」

聽到店長這番經歷，春婆婆和我反應竟是如此天差地別。這就是人品（與幽靈品？）的差異吧。

我自己只想聽接下來的狀況，幾乎完全不擔心店長身體，覺得有些罪惡感，

「託您的福，我很硬朗，如春婆婆所知，當時工作也沒請假。感謝您的關心。」

本人既然如此保證，應該就沒事吧。店長向春婆婆恭敬地低頭道謝，接著繼續描述友人家所發生的事。

「我想我完全失去意識的時間並不長。柿澤馬上跑過來，抬著我的肩膀把我扛回他家。這時他的腳下也有點不太穩，之後聽他說，他從二樓衝下來時，在途中一個踩空，撞到玄關旁的牆壁。

他讓我躺在客廳的沙發上，似乎是要說出我的身分，以及拜託我巡視住家四周的事。龍造先生打電話請家庭醫生過來，不僅如此，也通知警方說明事情經過。

『父親，這樣好嗎？到頭來還是報警了。』

腦袋終於清醒過來的我，聽見柿澤這番話而跳了起來。

『沒什麼好不好的，畢竟有人在家門前遭到攻擊啊！』

有些沙啞卻強而有力的聲音，粉碎了柿澤的猶豫。

『而且還是被我家的糾紛給扯進來的外人。』

我眼睛睜開，第一次看清楚龍造先生的模樣。

如鶴一般纖瘦的身體，雙眼炯炯有神的臉龐。既充滿男性的威嚴，同時，該怎麼形容呢，會令人聯想到西洋古建築物屋頂上的惡魔雕像，極具個性的容貌。和兒子長得不太像——花美男外表的柿澤因為撞到牆壁眼旁出現瘀青，看起來更不可靠。

『你這個人啊，既不穩重又缺乏耐心，多管的閒事比常人多一倍。沒經過我同意，就把外人給牽扯進來。』

『真的很抱歉。』

我從沙發坐起身道歉說。責罵的雖是柿澤，畢竟也跟自己有關係所以不能不道歉，氣氛感覺就像這樣。

長得有點像山羊的年長女性照顧著我，這個人是家政婦良江女士。柿澤的妹妹小碧小姐沒做什麼事卻進進出出的，果然不負勝名是個美女——遺傳自父親的立體五官再加上女性的柔美，其美貌簡直不輸女明星。凸顯纖瘦身材的合身紫色襯衫，配上米色的長裙也很有氣質。

醫生處理我的傷勢，做了簡單檢查後說『沒什麼大礙』便離開，接著換警方到來。那些人是三名穿著制服的警官和兩名刑警——穿著西裝無精打采的中年男性與英姿煥發的年輕女性。名字是小椋敏惠。」

與我所認識的小椋小姐似乎是同一個人，但仍然無法相信。感覺好像穿著尺寸不合的鞋子一樣，我以這樣的心情聽著內容。

「之所以會派那麼多人來，是因為龍造先生在電話裡跟警方說了那封預告信的事。」

山田先生輪流一邊看著春婆婆和我的臉，依舊一臉認真地接著說下去。

「寄了那種信，而且還真的攻擊人的話，肯定是脫離常軌的犯人沒有錯。不知道對方想做什麼，所以警方也很小心。

時間超過九點，是預告信上寫的十點前的一小時。警官們警戒著住宅四周時，年長的刑警開始做筆錄。是四十五歲以上不起眼的男性，好像是警部補，我記得是叫做黑木的人。或許是叫黑澤，不過那不重要吧。」

小椋小姐的全名每個漢字都記得一清二楚，對這男性的事就隨隨便便。

「『重點就是這個吧。』警方聽了大致的來龍去脈後。『海格力斯是近五十年前在法國得手的，價格換算約兩萬日圓左右。之後也沒有價格上漲的契機。』

『應該沒有上漲的機會。』龍造先生說。『既不是名人的作品，市面上也有量產同款的雕像。』

『有多少人知道這座雕像呢？如果是可以進到二樓書房的人，就可以縮定到某種程度吧？』

『您說得沒錯，去年紙業界的人來家裡取材，曾在書房聊過一陣子。因為那雕像清楚地刊登在報紙上，看到這照片的人應該都知道。』

『原來如此。有沒有在當時，又或者是之前或之後，提出轉讓雕像的建議——』

『完全沒有。』

『即使如此，仍突然收到這種信。』一位警部補在預告信前歪著頭。『可惜，這樣幾乎無法從信上查出寄信人了。即使查得出來印表機型號，但反正是到處都有的機器，即使順利找出指紋，若不在警方的資料庫中也沒什麼幫助。』

不只外表沒精神，說起話來也都很悲觀。

『那麼，能讓我們再看一次那座雕像嗎？』

於是柿澤父子與兩名刑警和我——頭痛也幾乎好了，因為愈來愈好奇，於是我們五個人便決定上二樓。

位於客房正上方的書房房門一開，盡頭處的書架上，電子式座鐘旁邊就是話題中的海格力斯雕像。大約是成人男子膝蓋到下方的大小，如同照片上看到的勇猛身姿，以及四方型的臺座，重量似乎有十公斤。若力氣大的人應該不難搬運，但有的人可能會閃到腰。

『這座雕像拿著的彷彿皮毛的東西是什麼呢?』

來到近處後,小椋小姐用清晰的女低音問,

『是獅子的毛皮。據說是海格力斯的十二項豐富偉業——』龍造先生才一開始解釋。

『不用多做說明了。』但小椋小姐很快打斷他的話。『因為我覺得拿著毛皮很怪。我對神話沒有興趣,將這樣的男性裸體視為藝術什麼的,我也無法理解。』

她長髮飄動著瀟灑地這麼說,有一種清爽的感動。」

先不管店長當時的想法是什麼,聽著這番話的我,才終於覺得她就是「那個」小椋小姐,開始認同或許真是同一個人。店長不知我這樣的感概,接著說下去。

「『那麼,請讓我拜見一下。』

警部補手伸向雕像,一邊咋舌說『挺重的呢』搬動著並到處敲敲打打,連臺座的底部都仔細觀察,最後:

『似乎沒有奇怪的地方,也沒有刻文字或記號之類的,也沒有什麼隱藏的空間,不可能打開才對。』

他用懂了什麼,又像不懂一樣的感覺說下去。

『總之,我們先下樓。雕像放在這裡比較安心吧——如果盜賊從窗戶進來的話,只能爬樹或爬梯子,但下面有人在監視著,所以不可能這麼做。』

為求謹慎，把一名警官叫來窗戶這裡，命令他在雕像旁監視後，回到彷彿值班室的客廳。我喝著良江女士倒的咖啡，盯著時鐘，時間一分一秒過去。

『距離十點還有三十分鐘。』警部補摩擦著雙手說。『就利用這個時間，我想再一次詢問山田先生被襲擊的事。請各位告訴我看到的畫面、聽到的聲音之類發現的狀況。首先是山田先生。』

雖然這麼說，但我能說的事非常少。只聽到微弱的腳步聲後就被揍了，看到的畫面只有書房窗戶上柿澤父子的臉。

『說得也是，因為人類背後又沒長眼睛。其他人呢？』

『如這位先生所說，當時我人在書房。』龍造先生率先開口，『我從窗戶往下看，看到可疑的人——失禮了——在徘徊，有點擔心而把小犬叫來，立刻發生這件事。』

這時便看到山田先生突然倒下去，我反射性回頭看海格力斯雕像，瞄了下旁邊的時鐘。我想當時的時間是在八點三十一分。雖然無法連幾秒都記得。

再度看向馬路時，已經不見犯人的身影。更仔細地說，因為太暗而看不清楚比較接近事實。』

『原來如此，毅先生您呢？』

『我因父親叫喚而去書房，從窗戶看出去確認到那個人是山田。我才想要解釋狀況時，山田竟然就倒下去了。

如各位所見後門是很窄的路，燈光也零零落落。雖然剛好看到山田的身影，但犯人幾乎無法確認。總之我趕緊下樓——半途中拐到腳而花了點時間，從玄關繞到馬路上時，犯人已經不見人影了。

『原來如此。雖然後門離現場很近，既然是從二樓下樓的，當然是從玄關出門的吧？』

黑木警部補點點頭，良江女士剛好替他的杯子倒完咖啡，於是問她：

『家政婦女士有看到什麼嗎？』

『沒有。況且我原本就什麼都不知道——那封奇怪的信我也沒聽說，所以悠哉地處理明天晚餐的菜。晚餐開始的時間是八點十分或十五分，應該是這段時間吧，我為了做燉牛舌而將香料揉進肉裡，就做了這些事。

從小碧小姐待的客廳傳來音樂的聲音，同時聽到極大的腳步聲——應該說摔倒的聲音，從玄關那裡聽到像是撞到什麼的聲音。畢竟我手很髒所以洗乾淨後才過去看，這時毅少爺和小碧小姐說了幾句話，就開門出去了。過不久便看到毅少爺扛著朋友肩膀進來。』

『原來如此，那麼小碧小姐呢？』

『我從八點就一直待在客廳看電視。因為衛星放送電臺播放了我鍾愛的管弦樂團的演奏會。』

客廳是在這房間的隔壁，但窗戶是拉上窗簾的，所以山田先生遭襲擊時完全沒有發現。由於窗戶也是關上的，即使外頭有些什麼聲響，應該也被音樂遮掉了。

只不過我有聽到下樓梯的聲音，可能是哥哥的腳步聲吧。剛好是《查拉圖斯特拉如是說》前奏的定音鼓奏起的時間點，同時發出很大的響聲。』

『對，就是這樣。』良江女士熱心地表示：『跟咚咚咚的聲音同時響起。』

『我驚訝地走出玄關一看，哥哥正搖搖晃晃站起來。對開口叫他的我說了聽不太懂的話後就走到外面去。之後的狀況就跟大家知道的一樣。』

『小碧小姐也不曉得犯案預告信這件事嗎？』

『我聽說了，可是我當時覺得反正不過只是惡作劇。畢竟，那座雕像並沒有昂貴到要特地來偷，充其量只是父親的紀念品而已。』

『這麼說，擔心的人只有令尊和毅先生而已嗎？』

『一開始擔心的人只有兒子而已。』龍造先生說。『他膽子小，都快三十了，無論公司的事或家裡的事都搞不定。

看到那封信後，就吵著說要將雕像收到寢室裡的保險箱。雖然我沒理會他——』

『雖然您這麼說，卻沒丟掉犯人寄來的信而且還收起來了。』這時小椋小姐說：『從二樓看到可疑人物時——那人其實是山田先生——有所警戒而叫毅先生過來吧？』

龍造先生點頭，認同可能會發生事情的機率——至少有百分之十的可能。雖然沒有積極處理但也沒有不理會這件事，他判斷有這樣的風險存在。從窗戶看到我時，危機感上升約百分之六十，多多少少檢討過是否要聽柿澤的建議將雕像收進保險箱裡。

談話期間，時間一點一滴往十點邁進。守在四周的警官們沒有報告任何異狀，想當然耳，也沒有直升機什麼的接近二樓書房的窗戶。

終於時針的長針接近最高的位置，到達後再接著慢慢地前進。

然後五分鐘、二十分鐘過去。

『看來，那個盜賊放棄了。』

直到黑木警部補說了這句話，現場的緊張感才稍微緩解，十點已經過三十分鐘了。

『這一切很難認為只是單純的惡作劇。事實上山田先生遭襲擊，很難相信是跟此事無關的偶然而已。』

犯人對此事相當認真，過八點之後來到這附近，發現似乎是在巡視的山田先生，便從背後攻擊把他處理掉。然而，看到之後我們警方一個個過來，犯人判斷無望達成目的而打退堂鼓，就是這麼回事吧？』

『恕我直言，這樣不是很奇怪嗎？』

柿澤家客廳響起響亮的女低音，在場成員全部看向聲音的主人。

那聲音當然是小椋小姐。從剛剛就一直思索什麼的表情，這才終於開口。

『那個預告信原本不就挑釁地說要他們去報警嗎？然後收到信的好強的那一方——

即使是像龍造先生那種人，若真的發生傷害事件的話就十分有可能報警，而龍造先生實際上也這麼做了。』

發生了這種事，結果因為警方抵達而放棄計劃不是很奇怪嗎？就算是再怎麼脫離常軌的人。』

『的確，或許是這樣。』她的上司有些怯懦。『可是，若真是這樣呢？犯人究竟在盤算什麼呢？』

『犯人，這詞彙有點抽象。』小椋說。『首先，關於那封威脅信，我想討論看看對方是為了什麼意圖才寫的，方便嗎？』

『當然，我們也不能就這麼回去。』警部補看著柿澤家每個人的臉。『可否再打擾一會兒，在這裡討論呢？』

『當然。』龍造先生說。『也讓我們加入吧。』

龍造先生這麼說之後，感覺兒子柿澤和女兒小碧也決定一起留在客廳了。也就是說，這是獨裁制的家庭，而家政婦的良江女士似乎是被擠出框框之外，依舊替大家準備飲料之類的，基本上一直待在客廳。

『那麼接下來，讓我們聽聽小椋小姐對於那封預告信的意圖有什麼想法？』

『大致來說有兩個可能性。』小椋小姐態度冷靜，將飄逸的長髮往後一撥。『寫信的人——暫且稱呼對方為犯人，但那犯人真的想偷海格力斯雕像嗎？或是其實並不想偷呢？

我不覺得是前者，這是第一個印象。我本身不懂藝術，但看來對那些藝術愛好者而言，那雕像也沒有那樣的價值。

當然，也有可能犯人想要那座雕像是和藝術無關的理由。像是雕像上設了什麼機關，或有什麼訊息等，但警部補確認後卻都沒有。是這樣吧？』

『是吧，就是如外觀所見的普通雕像吧。還是說那不是鍍金，而是純金打造的。』

當然，從警部補的口氣來看，並不是真心如此認為的。

『若是這樣的話，』小椋小姐接著說，『犯人真正的目的不是雕像——這樣想較妥當。從根本性的矛盾來看的話，若真的要偷雕像就不會寫預告信，偷偷潛進來偷走才是上策。』

『或許真是如此，那又是為了什麼？』

『若犯人是為了其他的理由寫預告信的話，究竟會是什麼理由呢？可以認為是，那封預告信會帶來什麼效果吧？』

『效果？』

『又可以說是現象。犯人企圖引起某個現象，因而指定要奪走海格力斯雕像，但問題是為什麼是海格力斯雕像？為什麼其他的東西不行呢？』

為何是海格力斯雕像？剛好在兩個小時前，我在徘徊夜路時腦海中浮現的疑問正是這個。看來大家都有這個疑問，因此等待小椋小姐說出接下來的內容。

『誇下豪語要去偷重要的東西，想讓柿澤家的每個人轉移注意力，趁混亂之中搞什麼手腳，可是這樣的話，不是海格力斯雕像也沒關係才對。

更有價值、而且更輕巧的東西在這個家多得是——客廳或書房都有，若要偷的話那種應該也比較有說服力。』

『這也是。』黑木警部補說。『有很多不像那雕像一樣重，那個雕像明明不算大，卻重得要命。』

『就是這個。』

小椋小姐食指直指著上司說。

『這會不會正是剛剛那個疑問的解答呢？』

『欸？』

『就是那座雕像的特徵。高度雖然沒那麼高，但因為壯碩的體格、棍棒、毛皮等小道具，以及臺座很大的關係而重得要命。雖然我沒親自舉起來過，但可以想像得到。』

『那又是什麼？是什麼意思？』

『不要更大的東西也不要更輕的東西，若是那座雕像的話不就能達到那個功用。就是那個意思。』

雖仍一頭霧水，但覺得小椋小姐的話很有道理。同時還發現一件事——剛好人在我對面位置的柿澤肩膀一僵，臉色變得愈來愈蒼白。

『龍造先生收到信後，據說龍造先生的令郎毅先生頻頻建議說要將雕像收進寢室的保險箱吧？』

小椋小姐輪流看柿澤先生和其他人，冷靜地接著說下去：

『也就是說保險箱有這樣大的空間，實際這麼做的話就會知道。將那個雕像從架上拿下來，抱著走在走廊上，收進保險箱裡。

那麼大的雕像，一般家庭的保險箱是放不下的。而且若是更輕的東西，放到保險箱裡就很簡單，即使是上了年紀身材又瘦的人也辦得到。不需要任何人的幫助，一個人也行。』

『也就是說——』

『假設龍造先生相信那座雕像被盯上的話，而且為了保護雕像不被小偷偷走而認真考慮收進保險箱裡的話。』

那樣的狀況下找人幫忙也是再自然不過的發展。這家人當中，只有一個年輕男性。』

『那就是——』

『龍造先生在那個人面前打開保險箱，那個人便可從龍造先生背後窺看保險箱裡的情形。製造這樣的狀況，會不會正是寫信那個人的目的呢？』

我的同班同學——就是這家的長子寫了那封預告信，小椋小姐的意思是那樣。我想不用對二位說明，兩位也知道意思了。

他的目的是讓父親在自己面前打開保險箱，知道密碼的數字組合。像龍造先生這類型的人物，重要的物品、資料或現金等管理都是自己一個人進行的。從這對父子的狀況來看，想像得出來父親幾乎不信任兒子。不只是想像而已，事實上龍造先生也的確這麼說過。

若是這樣的話，柿澤不僅沒見過父親開保險箱，連密碼都不知道也是相當有可能的。他想知道密碼——因為某種理由，在接近月底這時期，渴望得到保險箱的密碼。

『剛剛的只是推論，沒有半點證據。』

小椋小姐雖這麼說，有誰會認為沒有證據會是問題呢？她都在長得脣紅齒白，眼神看著下方，咬著牙肩膀抖動著的柿澤面前這樣說了。

『那麼，既然這樣的話，毅先生把山田先生捲入這起事件中也能解釋了。』

小椋小姐美麗的嘴角說出毫不留情的話。

『他瞞著龍造先生，拜託山田先生在預告犯案當天幫個忙，請他在住家周圍巡視，但山田先生那樣的舉動在龍造先生眼中會變成怎麼樣呢？

事實上龍造先生也說了。從二樓往下看，看到了可疑人物。山田先生就是為了這目的才被叫來的。營造出預告信的真實性，為了動搖只收到信也不為所動的龍造先生，讓他有所行動。』

原來是這樣！我內心大喊——雖然不可能真的叫出聲。從山田先生的舉動加上休假日的服裝，正好適合這樣的角色。

「聽到她這麼說，我或許露出了受傷的表情吧。」

如今穿著制服的白上衣，胸前別上「店長」名牌的山田先生接著說下去。

「柿澤抬起臉看向我，一臉認真地道歉：『山田，真的很抱歉。很抱歉事情變成這樣，但希望你相信，揍昏你的人不是我。』」

沒什麼相信不相信的，應該不會是柿澤揍我的。因為昏倒前我清楚看到他和父親站在二樓。

『就算是這樣——』

明明人在這裡，卻一直沉默的黑木警部補終於開口。

『那封信是毅先生寫的。從本人的說詞來看的確是這樣沒錯，那麼，揍昏山田先生的又是誰呢？』

『當然，不會是無關的第三者。但又不是去偷雕像的小偷。畢竟根本沒有小偷。』

『這樣的話——』

說話聲音低沉的並非黑木警部補，而是嚴肅的臉上露出苦澀的龍造先生。

『是這個家中的某個人揍昏了山田先生。妳的意思是這樣吧？』

『嗯，一般來想就是這樣吧。』

小椋小姐語氣不在乎地說，龍造先生想再開口，卻依舊表情苦澀地把話吞下去。

『這是想當然耳的事實吧，龍造先生，而且毅先生因為這位被害者的證詞而有完美的不在場證明。』小椋小姐表情冷漠地繼續說下去。

『留下來的女性有兩人，小碧小姐和良江女士，乍看之下有明確不在場證明的人是小碧小姐。』

視線集中在她們身上，小碧小姐昂然地挑眉回看她，良江女士則一臉困惑的表情。

根據小碧小姐的證詞，她聽到毅先生跑去現場的腳步聲，應該說是在樓梯上摔倒的聲音，和電視上播放的演唱會的某個畫面同時聽到。良江小姐認同她的說法，並在之後也說出來。』

若向電視臺調查播放內容，再與龍造先生說的犯案時刻對在一起的話，或許是合得起來的吧。然而，時間再怎麼合，也不是絕對性的不在場證明。僅僅一小段時間——大概十秒或十五秒——從犯案後到時間過去，都沒有小碧小姐在客廳的證明。』

『然而，稱得上是不在場證明吧。』黑木警部補疑惑問道。『如果是小碧小姐在馬路上摔昏山田先生的話，才不過十秒或十五秒就回到客廳也是不可能吧。』

『很難說吧？』

『這麼說也是。假設，從後門馬路繞到玄關的話，光這樣就很花時間。毅先生是從二樓用跑的下樓，連帶摔跤，來到玄關的話肯定比較快。

無論是小碧或是其他人，犯人只要來到玄關的話，就會和毅先生撞在一起。照理說一定會這樣，但從剛剛的話聽來，無論是小碧小姐或良江小姐，都是在毅先生撞到玄關的牆壁後才從家裡出來的。

也就是說只能認為是使用了後門，畢竟每戶人家都是這樣，這家的後門也是連著廚房的，而且在事件發生前後，良江小姐都在廚房——』

『恕我直言，』小椋小姐回應。『剛剛警部補的話中，有一點不正確。』

『哪件事呢？』

『應該不是後門，而是柵門。犯人肯定是穿過了柵門，這我也同意，但不代表就是使用了後門。』

從家裡出來是用後門，在那之前有道樹籬笆的柵門。非得經由正門或柵門，才能穿越隔著自家土地與外界的籬笆。可是不一定要通過後門。小椋小姐說。

『是爬窗戶嗎？』警部補打量著穿長裙的小碧小姐，臉上露出——這麼淑女的女性竟然會這麼做——的表情。

『是的，警部補或許不曉得，小碧小姐穿的並非緊身，而是荷葉邊的長裙，即使是長的裙子也能坐腳踏車或跨越窗戶。因此，假設小碧小姐是犯人，在毅先生到達玄關前先回到客廳也是十分有可能的。』

『可是，』有些猶豫卻很熱情的聲音插話進來。聲音的主人是良江女士。『請聽我說，我在處理菜的工作臺前方有個窗戶。因為是人無法進出的小窗戶，所以有時也會打開窗。』

『是哦，然後呢？』

『而且那時窗戶也是半開的。因為在處理味道很強的食材所以先打開。而窗戶的位置大約是人臉的高度，就在處理菜的我的視線高度前方。

只要實際穿過庭院就會明白，來往客廳與柵門之間時，無論如何都會通過小窗戶前面。因為有一些植栽什麼的，所以只能這麼做。』

『那麼妳的意思是，在事件發生前後，並沒有看見小碧小姐穿過那裡的身影嗎？』

『嗯、嗯，對。』

頻頻點頭，看起來像是包庇小碧小姐，但若這樣的話犯人只能是她自己了，不曉得她有沒有發現這件事。

『恕我直言，』小椋小姐對良江女士用比對上司說話還禮貌的語氣說：『有個法方能夠即使通過窗戶，也不會被看到。是非常單純的方法。』

『把身體壓得比窗戶低就可以了吧。』黑木警部補喃喃說。

『沒錯。』小椋回答。『這是很有可能的辦法，但還有一個問題。』

穿著長裙的女性，在雨剛停的庭院做這種事的話，即使再怎麼小心都很難避免裙擺沾到泥巴而變髒。你們看，就像這樣。』

小椋小姐玉指一伸，大家的視線全聚焦在米色的裙子上——而其中最目不轉睛盯著的，是裙子上其實一點髒汙都沒有的當事人。

小碧小姐發現掉入小椋小姐的陷阱裡，瞬間抬起視線臉頰脹得通紅。

『是妳幹的嗎？』龍造先生問說：『是妳從背後接近那個人並揍昏他嗎？』

『嗯，對。』小碧小姐用豁出去的口氣承認是自己做的，但過幾秒後又態度一轉。

『可是，錯的人是哥哥啊。』

『什麼意思？』

『當然就是寫那種信，和之後叫山田先生在家裡徘徊這件事。待在客廳，從窗戶看到那模樣的話，鐵定以為那就是寫信的人。所以說，真正的目的並不是那座雕像，或許是更壞的事——這麼想而覺得可怕也不奇怪吧。我真的覺得這樣對山田先生很抱歉。為了我們家特地過來幫忙，卻被擀麵棍打昏。知道事情真相之後覺得他太可憐而實在說不出口。真的很對不起。』

4

「然後——」

重覆小碧小姐的話之後，店長彷彿望向遠方般沉默下來，因為時間過很久，所以我先開口。

「後來怎麼樣呢？」

「關於我被打昏的那件事，聽取了黑木警部補的建議，最後決定和解了。關於犯案預告信，警方對柿澤提出警告的處分。

柿澤家一雙兒女因為都做了錯事，龍造先生非常生氣，而從孩童時期就照顧他們兩人的良江女士則淚流滿面。

話雖如此，我倒是對柿澤這男人有點另眼相看。雖然他欺騙我也利用了我，但一看到我昏倒就刻不容緩跑過來──絆到腳還撞到牆仍衝過來救我，把我扛進家裡。

老實說，學生時代時並沒有和他特別熟，但事件發生之後到現在都有聯絡。說是聯絡，不過是寄寄賀年卡或偶爾通通電子郵件之類的。

「另一方面，關於他的妹妹小碧小姐這位女性，我反而多少有些失望。」

「就是說吧？因為她說的話顛三倒四的。」

我不得不說出從剛剛就一直盤旋在腦海中的事。

「一開始聽到這件事時，明明說那種信一定是惡作劇，之後從窗戶看到山田先生的身影覺得可怕就下意識揍了他。說是『下意識』，看起來根本事先就準備好了擀麵棍，而且關於窗戶的事，她一開始也說窗戶是拉上的所以看不見外頭，這樣的話

——」

「小碧小姐的話的確很矛盾呢。」

山田先生打斷我的話似地嘆著息說。

「我認為小碧小姐一開始就知道我是柿澤的朋友。或許當天的八點之前，有聽到柿澤和我用電話商量這件事。

在這之前，她應該也知道柿澤寫了那封預告信，以及他在盤算什麼吧。不像小椋小姐那般有條理地推理出來，而是從他平日的態度，曉得各種內情——借款與日期等等——可能是從這裡推測出來的。

話雖如此，本來覺得哥哥的計劃反正行不通而沒有理會，當天卻覺得說不定會很順利。原因就是看到我的身影。龍造先生說因為看到我而提高危機感，小碧小姐是女兒，所以想像得到父親的反應吧。

小碧小姐想阻止哥哥的計劃。事情太嚴重了，所以才揍昏我。理由雖然說得通，但若只是要阻止計劃應該還有更穩妥的方法吧。

最穩妥的辦法當然就是向龍造先生全數供出，但為何她卻沒這麼做。

一開始想將方向引導至黑木警部補所說的結論——預告信並非惡作劇，犯人的確出現在現場，但看到警方過來而嚇得逃走的這個結論。雖說是阻止計劃，但也想保護哥哥的名譽吧。或許是這樣。覺得她本身有什麼不良的企圖，不要讓父親把注意力放到『金庫』上，也或許是我想太多。總之，老實說，我不懂那些千金小姐在想什麼。

因此，雖然是有些不愉快的事件，但小椋小姐精闢的推理令人感到很痛快。」

「可是，」春婆婆聳了聳穿著和服的肩膀。「老實說，依我來看，我對女刑警的辦案方法不是很認同。」

「是裙子那件事嗎？」我快速問道。「這部分的話，我也覺得有點不妥。用不是證據的證據動搖對方。」

「雖然這部分也有，」春婆婆語氣雖跟平時一樣輕鬆，眉間卻蒙上陰影。「這件事不要太過深究便結束我想也是好的。我想應該半途就明白這兩件事或許都是家人之間的問題。若真是如此，畢竟這是外人無需知曉，那一家子之間密切相關的事。

當然，這件事就這樣結束的話，山田先生就真的太可憐了。既被當成是可疑人物，還被不知名的小偷揍昏。至少也要談到和解的部分，才能多少彌補山田先生。」

「不，」聽到這些的店長搖頭否認。「儘管沒有得到什麼補償，從這件事中我也學到了寶貴的教訓。」

「什麼教訓？」

「很簡單。」

店長一臉認真。

「美麗的女性，心不一定是美麗的。不可以太著重女性的外表。」

店長一臉有所領悟地說，而春婆婆歪著頭：「這可不一定。不是有句話說，美麗的玫瑰都有刺，可是有刺的植物多得是吧，而且美麗的玫瑰可是真的很珍貴的呢。」

「那麼，講了那麼久。」

這時其他的客人也進門，店長站了起來。

「感謝二位願意聽我的往事。話說回來，對寺坂小姐而言，南野先生調動這件事真是太遺憾了，但聽到是小椋小姐接任，著實嚇了一跳。或許有一天會有機會再光臨本店，我也很期待。」

店長深深一鞠躬後離開座位。目送著他的背影，我的心境半是好奇，半是擔心。

三年前的店長受到兩位美女的吸引，想像得到他一開始受到女藝人般動人的柿澤碧小姐吸引，之後對小碧小姐「失望」，也明白，同時他的心也轉向女強人般的小椋小姐。然後這件事也已經過去，看來他與相親對象的交往最近破局了。

不能太著重女性的外貌，曾這麼說的店長，和現在的小椋小姐再度相遇時，會有什麼樣的反應呢？而且，如果店長的心意也沒改變的話，那位小椋小姐會有什麼樣的反應呢？

只不過是旁觀者的我，忽然覺得我不能只是不負責任在一旁看好戲而已。

雨衣與酒窩的謎團

1

時至春季，我的心情也很繽紛。一早就開始下雨也沒有打壞我的心情——從淡薄的雲朵落下的微弱細雨讓天氣突然變暖，不對，應該說變熱的這幾天，反而感覺到剛剛好的「濕氣」。

若不要擔心外出鞋或包包走在大馬路上會被淋濕，行道樹的葉子或箱型花盆的花看起來反而更鮮豔，色彩繽紛的傘下交錯的人們面孔也看起來很明亮。

話雖如此，這些或許都是我自身情緒的投影罷了。

畢竟今天要和許久沒見的南野先生見面。昨晚電話中提到明天上午有訪談的工作，地點是在都心的飯店，大概十二點左右結束——我這麼跟他說。

「那麼妳可以在這裡等我嗎？離我那兒也不遠。」

南野先生這麼說。「我那兒」是指他現在上班的地點，櫻田門附近楔型的建築物——也就是警視廳。

他說，目前手上的工作，明天中午前應該能結束。傍晚因為要出差所以必須坐新幹線出發，但在那之前可以悠閒地享用午餐。

「偶爾奢侈一下在飯店餐廳用餐也不錯，也可以去別的地方。」

南野先生說，因為這緣故，我工作結束後仍留在飯店裡，等待他聯絡。

那天的訪談工作也很順利——採訪的對象是個直爽的人，同桌的編輯也很細心。於是我十二點準時坐在大廳椅子上，確認腳下厚地毯的舒適度。比平時還精心打扮了一番（這麼做是因為指定的訪談地點是高級飯店，絕非為了久違的約會），注意自己的姿勢端坐在椅子上，一邊重讀取材的訪談筆記，一邊確認手機訊息。

南野先生雖說「工作中午前能結束」，但一開始就說「要有等三十分鐘左右的心理準備」。那就有可能變成等一小時或兩小時左右了。當然相處的時間愈長愈好，畢竟幾乎一個月沒見，所以只要能見面都很開心。

楞楞看著飯店大廳上交錯的身影，整身派頭的上班族、悠哉自由的旅人、等待午餐的女性客人，一邊思考南野先生的事和前一晚的電話。

「對了，之前也跟你提過吧？三年前小椋小姐的事情。」

漫無邊際的聊天時，南野先生講起接替自己位置的女刑警。

「聽說大眾餐廳的店長山田先生見過那時候的她，那時她很瘦，是個大美女。」

聽到山田先生這麼說的時候，我的確很吃驚。之後跟南野先生說時，他也嚇了一跳——南野先生之前都沒見過她，看來不曉得三年前的模樣。

可是今天和一位同事聊起來，那個人似乎從以前就對小椋小姐很熟，

「據那個人所說，她以前的確是個美女而且很有名，是各種意義上的有名。既優秀，態度也很傲慢。」

「嗯，果然——」

「可是差不多在前年的時候突然變胖，連長相都有了大改變。原本似乎就因為壓力太大而暴飲暴食，看來不只這樣——」

「不只這樣？」

「壓力也有很多種，她面臨的似乎也不是一種壓力。像是工作忙碌，或與上司的磨合之類的。

再加上還有戀愛問題。不，與其說是戀愛，應該說單方面被追求。畢竟人美身材又好。」

聽到這種話我也覺得有些羨慕。

「走在馬路上被擦身而過的男人一直盯著瞧，被工作上的相關人士追求，其中也有像跟蹤狂的傢伙。」

受歡迎到這種地步就不會羨慕她了。可能原因真的是壓力，反而令人同情。

「因為這些事大吃大喝，開始變胖到某種程度時，或許是有發洩到吧，她的那些壓

力也少了一些，最後說的跟蹤狂現象，也因為變胖而減輕了。」

當然，也有男人喜歡肉肉的女性。應該說，喜歡肉肉女性的男人或許比想像中的還多。可是這些男人所追求的女性形象大部分都是和小椋小姐不同的類型。溫柔隨和，包容力大——像這樣的感覺。」

總覺得有點明白了。該說讓人有家的感覺，還是充滿母性呢？

「因此，從小椋小姐的角度來看，她可以脫離那些粉絲或跟蹤狂，也不再被陌生男子沒禮貌地盯著瞧。

而且這個狀態對本人而言似乎挺舒適的。這樣輕鬆多了，以後就這樣吧，進而萌生這樣的想法吧。

下次就更努力增加體重，而且還會很小心地避免瘦下來。服裝和髮型也是，非一般常識地留意著，持續到現在。似乎是這樣哦。」

「啊，原來如此——」

我回應說。只能冒出這幾個字，不知該說什麼。

因為我沒有過度吸引男性視線，過度被迷戀而感到困擾的經驗，所以不曉得那是什麼感覺。覺得那是奢侈的煩惱，但在另一方面，也多少想像得出來狀況「真辛苦」。

話雖如此，仍希望盡可能是美麗的，自己所賦予的條件中至少看起來很美（想看起來很美），任誰都會這麼想吧。

竟然故意反過來，看來不僅是有不好的回憶，或許她真是性格古怪的人吧。又或者從少女時期就一直有這樣不好的經驗，而養成了這種古怪的性格。種種原因想也想不完，果然不論哪種原因都無法理解。

對只見過一次面的小椋小姐這個人的印象因店長的回憶而有所改變，聽到這次的事情，我對她的印象又有變化了，也覺得愈來愈不懂她——

我一昧地想著這些事，想到要看手機時早已過了十二點半，都快一點了。南野先生也沒有捎來訊息或電話。

不過我也猜到會這樣，便離開位置到大廳走走逛逛。我走到最裡頭，前面有花店、舶來品店、飯店直營的燒菓子賣場，我就在這裡隨意看看。

繞了一圈回到電梯附近時，包包裡的手機震動起來。我緊張地拿出手機卻翻倒了，手帳從很難用的外出包中掉出來，我蹲下去撿起手帳時連筆盒都掉下來，最後終於打開手機，結果是不重要的廣告訊息。

我感到失望，一邊走向剛剛的座位時，背後一個聲音追過來。

「請問——」

我回過頭，身後站著一名穿雨衣的年輕女性。對方肯定是在我手忙腳亂之際出電梯的人。眼前門打開，走出電梯的是穿著藍色雨衣——介於墨色與深藍色之間，由於是顏色罕見的雨衣印象很深刻。

纖瘦的身材，娃娃臉，不是豔麗而是可愛的長相，年齡大概二十歲左右吧。中長髮的長度燙了膨膨的捲髮，這個人向我遞出我的手帕。肯定是跟剛剛的手帳一起掉出來的。

「抱歉，謝謝妳。」

我連忙收下來，那個人微微一笑。右臉頰上出現明顯的酒窩，感覺已經很習慣似的，連笑容都是工作般的職業笑容。

這樣的容貌加上那個笑容，不知為何變得比第一眼老成。或許不只二十歲，而是和我差不多歲數。

對方輕輕點頭，往大廳裡走去，我則是一邊坐回椅子上，楞楞想著那雨衣的顏色真是漂亮呢。

還有，那個人似乎真的很討厭衣服淋濕呢。雖說從早上開始下雨，雨絲細如絹絲，並非需要特地穿上雨衣的天氣。

想著這些有的沒有的，並確認預定的工作時，時間已到一點鐘，南野先生終於捎來訊息。可是內容既不是已到飯店，也不是正要過去，

「工作還沒結束，一點半前再跟妳聯絡。」

儘管我很失望同時也感到一絲不安，仍動著姆指回訊息：「我等你。」

最後，到了一點半時收到「對不起，似乎不能過去了」。

於是我回信說：「我還在等，到兩點都沒關係。」

「不用等了，我應該無法過去了，因為會來不及搭新幹線，真的很對不起。」

太過分了吧？我很想對著螢幕這麼大喊，但實在也無可奈何。南野先生沒說因為是工作關係而來不了，但其實也沒必要說這件事。

大概他現在真的很忙，連說明事情狀況的時間都沒有。而且搭上新幹線之後，就會送來內容更完整的信吧。確定見不到面的天數再度更新後，他以時速兩百幾十公里的速度，離我離得更遠了。

當然南野先生自己也不開心，應該和我一樣感到遺憾才對。不，遺憾比我少一點吧——

我決定打道回府而站起來時，本來往出口走去卻又折返回來。因為我想替工作上照顧我的人買伴手禮。我記得這間飯店的燒菓子很美味。

我在大廳裡頭的燒菓子賣場猶豫著要買整盒都是有名的瑪德蓮蛋糕還是綜合的，而向附近的店員開口訊問。

「請問……」

「是。」

看到這個笑容，我有點訝異。因為對方是在大廳裡替我撿起手帕的那位女性。

「啊，剛剛謝謝妳。」

我反射性道謝，對方卻一臉訝異地看著我

「那個，剛剛妳撿起我掉的手帕。就在剛剛，在大廳——」

即使我亂七八糟地說明，她的表現也仍未改變。

她的表情既非明顯的「這個人在說什麼？」的表情，身為店員也不可能露出這樣的表情，只是一臉茫然的樣子。

究竟是怎麼回事呢？我被搞混了。當然，這只是小事情，不說可能會想不起來，但說了的話應該會想到才對。又不是很久以前的事，才過了不到一小時。

「是什麼時候的事呢？」

問話的人不是她，而是同樣穿著制服的三十歲店員。化著淡妝頭髮往後綁，態度舉止很嚴肅的女性。

「三、四十分鐘前。」我有些畏懼。「一個小時，還是再更早的時候。」

「這樣的話非常抱歉，客人可能記錯了，一個小時前後我們兩人絕對都在這個賣場裡。」

年紀較長的店員閉起眼，而話題中的那位女性則睜大眼睛，兩人都用不可思議的表情盯著我。

可是，不可思議的是她們的態度。畢竟眼前的店員擺明了就是那時的女性。清瘦的身材和膨鬆捲翹的髮型，而且最初看到的笑容——右臉上深深的酒窩也是一模一樣。

那時穿的是藍色雨衣，現在則是米色洋裝配白圍裙的打扮。毫無疑問是同一個人。可是為什麼會這樣呢？

2

「——這就是昨天發生的事。」

我把話題總結起來。隔天中午來到大眾餐廳這個老地方。聽我說話的有兩位——其實這麼說並不正確，應該說一個幽靈一個人類，但人類這一方似乎沒發現這件事。

一如往常聳聳穿著暗色調和服的肩頭，端坐在椅子上的春婆婆，以及看似打扮得休閒卻散發出瀟灑感的七十多歲紳士。灰色濃淡相間的格子襯衫，頭上的白髮營造輕鬆的印象，胸前口袋露出的白色手帕一角，也完美地成為一部分的配件。

畫家佐伯勝大師想來是住在這附近吧。之前見面時仍是春寒料峭的三月，大師是毛衣加花呢毛料的上身打扮，帽子也是羊毛的冬季配件。過了一個月，已然飄盪初夏氣息的此時此刻，他將黑色麻料的打獵帽放在身邊。

我來到店裡的時候，大師已經坐在窗邊的位置，似乎在等人，但不像平時那樣是在等編輯，最明顯的證據就是之後春婆婆出現——不知何時現身坐在角落位置之後，大師便立刻站起來走過去。

然後，一觀察到那位大師的動作，老婆婆以如電報般的速度向我投以「求救」般的眼神。因此——

「可以一起坐嗎？」

大師尋求春婆婆的許可時，我已經坐在春婆婆旁邊。

「那是莫大的光榮。」

老婆婆有禮貌地說完後，「可是，該怎麼辦？」瞄了我一下。「這位真以小姐似乎有事找我商量。」

「嗯，若是這樣的話，當然就不妨礙——」

「說是商量，肯定是兩種問題其中之一。」

春婆婆打斷大師的話。

「一是年輕小姐會有的煩惱，像是對方是怎麼想的之類的。應該說令人欣慰呢？還是令人著急呢？若不是這種事的話，就是出現不可思議的事件，或請我解開謎團的問題之類的商量。」

「是這個。」我說。「春婆婆說的第二個問題。」

「啊，是嗎？這樣的話大師一起來也沒關係吧？在我力有未逮時，或許能借用他的智慧。」

「嗯，當然，我很樂意——」

聽到我這句話的佐伯大師在春婆婆對面坐下來。看來不只和春婆婆一起坐很開心，他對「解謎」也頗有興趣。

因此，我向比預期人數增加的聽眾說明，前一天在飯店遇到的事情。

「原來如此，原來是這樣。」

說完後，先開口的是後來增加的聽話者。

「事情挺有趣的，恕我冒昧，不好意思有件事想先確認。」

「是的，什麼事呢？」

「那個燒菓子賣場的店員只有兩個人嗎？」

「是的。」

「妳在大廳遇到的那個人，以及另一個店員。兩個人一起否定了妳的話。」

「如您所說。」

「這狀況有點像那個呢，還是說相反呢？那個叫什麼呢——」

大師喃喃自語些聽不太懂的話，雙手盤在胸前思考著，另一方面，

「那麼妳原本來賣場的事解決了嗎？」老婆婆說。「結果妳送出伴手禮了嗎？」

「嗯，解決了。」

我回道。與店員的談話也不能只糾結在大廳的事上，

「畢竟對方也是做生意的，而我買伴手禮也是為了工作，這件事倒是順利完成了。」

「是的，那太好了。畢竟工作的交流很重要呢。」

春婆婆溫柔說。

「對了，就是那個吧。」大師鬆開盤胸的手，探出身子說。「各位知道《幻影女子》這本懸疑小說嗎？原文書名是《Phantom Lady》，作者是康乃爾・伍立奇，曾獲得江戶川亂步獎。」

「名字似乎有聽過。」

我似懂非懂地點頭。書倒是沒看過。老婆婆則一臉不關己事的表情。

「故事是這樣的。某個男人被懷疑殺了自己的妻子，但其實犯案的這段時間他人在酒吧。他不是一個人，而是和巧遇的陌生女子一起喝酒。

為了證明他不在場而去尋找那名女性，但沒人知道她是誰。不僅如此，連理應也看到女人的酒保那些人，都異口同聲說『沒見過那樣的女人』。據說她戴著形狀非常奇怪的帽子，不可能輕易忘掉才對。」

大師話說到這停下來，喝了口紅茶，

「妳是——真以小姐吧？」確認我的名字後。「妳昨天的故事跟那個小說很像，另一方面又是完全相反的狀況。

戴著奇怪帽子的陌生女子，穿著罕見藍色雨衣的陌生女子。兩者都是被否定存在的幻影。關於這個幻影，兩者的狀況都是靠相關人士的證詞。真以的故事中則加上了一點，就是當事者本人——被認為和幻影是同一個人的店員，也證實這件事。

和小說不同的不只這一點。在小說中證明主角的不在場證明是故事的重點，但這次的狀況中，真以小姐並沒有不在場證明的問題。

關於『某人在某處』這一點，只要動個什麼手腳，應該就和哪個人的不在場有關。只是那人並不是真以小姐。那麼是誰呢？」

「不是我的話，是她嗎？」

「沒錯。」大師點頭說。「思考『幻影』本身的不在場證明才是妥當的。」

「也就是那位店員，替我撿手帕的那人的不在場證明吧。」

「沒錯，即使她在大廳被妳目擊到，不僅她本人連另一名店員也證實說『她一直在店裡』。也就是她們偽造假的不在場證明。

在小說中，『幻影女子』應該證明了主角真正的不在場證明。這次的事件中，真以小姐無意之中打破了『幻影』本身假的不在場證明。我說『與小說相反』就是這個意思。」

「這樣的話，」我說。「也就是那名店員需要製造不在場證明？是嗎？」

「當然，不至於像殺人一樣那麼可怕。」

佐伯大師安慰我似地說明。
「但或許是小小的犯罪。」
「可是——」
「可是？」
「不一定是犯罪之類的事情吧？她——那位撿起手帕的店員，工作上摸魚，在非休息時間時到了別的地方而已。
而另一位店員只是配合串供而已。因為自己有時也會像這樣摸魚——」
「恕我直言，她像看起來像是在摸魚嗎？」佐伯大師問道。「另一名店員，據剛剛所說，是個認真囉唆的模範生類型。」
「就我來看是這樣——」
「這種直覺的印象很準的。而且若只是這樣的話，另一名店員的態度果真很奇怪吧？她也沒必要這樣斷然否定真以小姐的話啊。
真以小姐若是飯店經營者的親信或勞工局的監察員倒是另當別論，她不過是來買東西的客人，只要附和說『對啊』就行了。因為真以小姐就會以為『那段時間是休息時間』了。
既然沒這麼說，而是假造不在場證明，事情應該不單純，妳是這麼想的吧？正因為一開始就這麼懷疑，才把這話題帶進店裡來，和名偵探春婆婆商量吧？」

「是這樣沒錯。」我認同。

「我才不是什麼名偵探呢。」

春婆婆聳聳嬌小身軀的肩頭，輕輕搖頭說。她從剛剛就只是聆聽我和佐伯大師的對話，都沒有提出自己的意見。

「先不提另一個店員。」我說。「她，也就是替我撿起手帕的那位——」

「不好意思，」佐伯大師舉起單手。「打斷您的話，要不要給她個稱呼呢？」

「稱呼？」

「一直稱呼『那名店員』『幫我撿手帕的那位』也很不方便。要不要給『她』一個稱呼呢？」

要取稱呼也可以，但突然要給她起個名字也沒那麼容易想得到。

「所以大師，請您想想看要取什麼名字。」

「這個嘛。」大師視線朝上。「苔絲狄蒙娜怎樣？」

「哎，您說什麼？」

春婆婆回問他。她並不是耳朵不好，只是不擅長太長的片假名。

「苔絲狄蒙娜。」

大師再重覆一遍。

「她出現在莎士比亞的作品《奧賽羅》中，是奧塞羅的妻子。因為那部戲中出現了手帕。

話雖如此，苔絲狄蒙娜是掉落手帕的那一方，而不是撿手帕的那一方，所以這部分不一樣。春婆婆覺得呢？有沒有想到什麼好稱呼呢？」

被點名的春婆婆，歪著脖子一會兒後，

「巾子小姐，如何呢？」

「巾子？」

「因為手帕也稱作『手巾』吧？由此取名的。可是，再怎麼說這對現代的小姑娘來說都是個老派的名字。真以小姐覺得呢？」

我想了想後回答：「潔西，怎麼樣呢？」

「那是什麼意思呢？」

「有一首歌叫做《漂亮的藍雨衣》，這是出現在歌裡的女人名字。只不過歌曲中穿雨衣的是別人。」

「手帕和雨衣就先擺在一邊吧。」佐伯大師一本正經地說。「有沒有其他的，像是她本身的特徵呢？感覺似乎有吧。」

「酒窩。」我想起來。

「酒窩的英語叫做 Dimple。」佐伯大師接著說。「Dimple 姑娘，簡稱D娘，或是 Lady D，各位覺得呢？」

「挺不錯的啊。」春婆婆不置可否說。「幫了大忙呢，有種謎樣女人的感覺。」

「那麼，就這個。大家來猜猜Lady D的行動吧。昨天一點時，她在哪裡做了什麼呢？」

3

「我們逕自取名為Lady D的女性還很年輕，容貌也挺可愛的，是在飯店一樓的燒菓子賣場工作的店員。

她在昨天中午一點左右，離開職場去了某個地方。儘管如此，另一名對工作似乎很嚴厲的年長女性，卻做出『她和自己一起待在店裡。』的偽證。

那位同事為何要說謊呢？話說回來，Lady D去了哪裡呢？又為何要去那裡呢？在那裡做了什麼呢？雖然有幾個疑問，但先來想想她去了哪裡吧。」

一如往常客人三三兩兩，不算熱鬧的餐廳角落上，響起佐伯大師微妙響亮的聲音。

有名的畫家兼繪本作家，以身為出版業界小螺絲釘的我來看，簡直是高不可攀的大師級人物，他似乎真的很喜歡這樣的話題。或許還不只這樣，或許還想讓春婆婆佩服他。

「目前知道的事實有兩個。她是從某處搭電梯回來的，以及穿雨衣去那邊。對吧？」

「是。」無論如何，這部分是沒錯的。

「那麼，先想想電梯的事。妳知道電梯是上樓還是下樓的嗎？」

「這個就不知道了──」

我本身並非在等電梯，只是離遠一點的地方看到她而已，所以這部分並不清楚。

「這也是難免的。」大師說。「但感覺是往上的。畢竟往下只到地下二樓，但往上有很多樓層。

不過，幾乎確定是去過其他樓層的。用『幾乎』是因為電梯被這麼使用的可能性也不是零。

穿著別緻的藍色雨衣如幻影般的女性，一步也沒有離開電梯，而是某個人按下按鈕上下樓梯移動，重覆這動作。而以這樣的想法來思考的話，彷彿一首歌的感覺，這一段不需要太過認真思考，只要腦海裡有這件事就好，各位同意嗎？」

「好的。」我說，

「這樣也好。」老婆婆也同意。

「可是另一個要素是關於雨衣。人在穿雨衣的時候，大致來說目的會有兩個。

第一個不用說是為了不被雨淋，既然穿上雨衣，代表她是去室外，坐電梯回來的話──可以認為她是去頂樓。那麼，請問，撿起真以小姐手帕時，她手中有拿傘嗎？」

「傘？」我努力回想她那時的身影。「沒有。」

至少，手裡沒拿著長傘。而且也沒帶可以放入折疊傘的包包。

「她似乎是一隻手遞出手帕，另一隻手是空的。或是夾著極小的包包。」

「這樣的話，說不定她並不是去了室外。為了不讓昨天那種小雨淋濕衣服而穿雨衣的人，沒帶傘也沒戴雨帽就去室外，態度有點矛盾。

這樣的話，就該想想另一個她穿雨衣的原因了。」

「另一個……」

「就我所知，不是很有錢卻又愛面子的女性，會只用冬天的外套來裝闊。」

大師說出乍看之下毫無關聯的事。

「據那個人所說，身上穿的衣服就算再怎麼廉價，只要用華麗的外套隱藏起來，就能不自卑而昂首闊步。這話原本只適用於女性，男性就做不到了，因為褲子會被看到。」

「的確是這樣，穿洋裝的女性，外套下的服裝完全看不到也是常有的事。」春婆婆說。「如果穿圓領口衣擺長一點的外套，而外套下的服裝，如果是短裙或洋裝的話。」

「沒錯，所以那位 Lady D 的狀況是不是就像這樣呢？」

「大概是。」我一邊回想，

「那時除了藍色雨衣外什麼也沒看到。並不是半身式而是長雨衣，將雙領反折豎高，再從上方扣好鈕釦。」

而且下半身穿的既然是制服洋裝的話，固定都是到膝蓋的長度。

「說不定是這樣吧。當然，理應在雨衣下的制服，從領口到下擺，甚至圍裙都被隱藏起來，為的就是避人耳目吧。

若真是這樣的話，她穿雨衣或許就為了這個原因。並不是為了擋風雨，而是為了隱藏身為店員的制服，所以才穿著藍色雨衣。

也就是說，她想表現的是自己是店員以外的事情，但是是為什麼呢？」

「那是——」

「既然穿著外出的雨衣來隱藏制服，就變成了外來者，也就是『客人』吧。」

佐伯大師滔滔不絕地推理下去。

「客人在飯店這個建築物裡算是多數派，事實上，真以小姐在大廳遇到Lady D時，不也以為她是客人之一嗎？」

「嗯，聽您這麼一說，的確是如此。」

並沒有特別留意到有這件事，但被提醒之後的確是這樣。應該會下意識認為她是客人之一吧。

「穿雨衣的這件事，與她從電梯出來的這件事，以及飯店樓層中占大多數這一點，認為她去到客房樓層——這想法也是妥當。

說到這裡還同意嗎？春女士您認為呢？」

「我不是很清楚，是這樣子嗎？」

「真沒勁呢。」大師嘆道。「是想隨便附和我，最後再把我打得落花流水吧。」

大師似乎想提起精神似地將杯子裡剩的紅茶一飲而盡。

「換下一個問題吧。不，在那之前我要再點一杯飲料。兩位要點嗎？」

「等等再點就好。對了，剛剛您說的……」

我努力想要說些什麼——

「春女士，您要點嗎？」大師看著桌子說。「對了，您從剛剛都沒喝東西。」

大師似乎是第一次發現到這件事，有點困惑的樣子。

「我故意不攝取太多水分，尤其是上午的時段。因為我的胃很虛弱。」

春婆婆隨口回答。話題演變成春婆婆來大眾餐廳裡不點飲料也不點菜，向大師解釋「以前春婆婆是這家店的相關人士」，所以大師似乎也認同了。

看來佐伯大師似乎喜歡春婆婆——當然不一定是戀愛的情感，算是一種傾慕吧。所以才會同坐一桌，或跟剛剛一樣關心她。

這麼一想，這對春婆婆或許是壓力。指的並不是從南野先生那裡聽到以前小椋小姐的事。

身為幽靈的春婆婆出沒在這家跟自己有所淵源的店。因為很寂寞，或因為無聊，和工作人員們（全部都知道春婆婆的真實身分）聊天，或聽聽其他客人（一部分的客人看不見春婆婆，看得見的人則不曉得她是幽靈）的談話。

除了工作人員之外，她會交談的人只有我，但這是因為以前春婆婆主動跟我搭話，而基本上不會有客人主動跟春婆婆說話。況且，大眾餐廳本來就不是和客人聊天和交朋友的地方。

大師不曉自己的身分而前來攀談，坐同一桌還一起喝飲料，對春婆婆而言肯定是第一次遇到。說不定是八十年的人生經驗與二十年的幽靈經驗加在一起，也都不知道該如何應付這樣的狀況——

不會知道我正在想著這些的大師，叫來服務生再點了一杯紅茶後，

「回歸正題。剛剛說到Lady D在一點時是在客房樓層。那麼，她在那裡究竟做了什麼呢？」

他邊說邊瞄向春婆婆。一半是想聽聽春婆婆的想法，一半是享受自己的個人秀吧。

「雖然想了很多原因，竟然刻意製造不在場證明，在某種意義上算是做虧心事，或是為了避人耳目——這麼想也是自然的。我想兩位應該都同意。」

「是這樣沒錯，在某種意義上。」

我說，老婆婆則曖昧地點頭。

「這種狀況馬上想得到的是闖客房的竊盜行為——」
「恕我直言，關於這點——」我打斷大師的話。
「妳不認同嗎？」
「嗯。」
「為什麼不認同？」
「從我所遇到的她，Lady D 散發的氛圍來看。雖然不至於天真無邪，但看不出來是會偷東西的那種人。」
「關於妳現在的意見。」大師說。「這種直覺的東西不太準——關於一個人的人品，每每都會跟自己想的不一樣。」
之前他在說另一名店員時，意見明明跟現在完全相反。看來這個人有時會視情況變換標準。
「其實，我自己也不是真的想堅持那種說法。飯店直營的燒菓子店店員，不是打工人員就是飯店本身的工作人員，那就是擅闖客房。
而且包括職場的人，為了假造不在場證明而串供——如果發生那種事飯店就會陷入兵荒馬亂的狀態，可以說是走到盡頭了。
畢竟那間飯店是正規的大飯店，難以想像會發生這種事。我偶爾會去那間飯店。」
大師說他認識一位現住在關西的大牌作家，那位作家每次來東京都會住這間飯店，所以經常造訪這裡，也會和負責人三個人一起談天說地。

「關於這件事，真以小姐剛剛也說了，也要想想另一個可能性。

雖說是製造不在場證明這種虧心事，但並不是什麼犯罪行為。跟犯罪行為比起來問題較小，只是飯店從業人員違反規定而已。」

「譬如說是怎樣的？」

「像是年輕女性，依個人看法的話是可愛的類型。譬如說，哪個有名的人物，或受女性歡迎的人氣演員住進飯店裡。

這種狀況下，會想去那個人所待的樓層，這行為就不會無法理解吧？身為飯店的工作人員，簡直是不可取的行為。」

「若只是去看看而已的話。」我說。「偷拍那個名人的相片，傳到網路上，宣稱『他正住在本飯店』。不過這樣仍是身為飯店工作人員不能做的行為。」

「對，這點誇張點來說的話，是與飯店的信用有關。可能會受嚴重懲處，若是打工人員，或許會被解僱。

因為明白事情的嚴重性，去客房樓層時穿上雨衣隱藏工作人員的制服，再和同事製造一起工作的不在場證明。這個說法如何？春婆婆覺得怎麼樣呢？」

「或許是吧，」老婆婆說得有些客氣。「這樣說來是有點道理——」

「可是，還少一個關鍵。」

我直言不諱地說出來。可能對著名的畫家看起來我這樣很不自量力，但感覺春婆婆有話想說，而有股衝動想替慎言的春婆婆開口。

「或許是這樣。」大師對這批評彷彿應戰似地挺起胸膛說。「既然說到這份上，我有事想拜託真以小姐。」

「咦？什麼事？」

「妳有帶手機吧？我想借用一下。」

於是我拿出手機交給佐伯大師。

「請用，您知道怎麼用嗎？」

「別說這種話。我也是有手機的。只是特地拿著手機走路很麻煩，所以平時都放在家裡。」

這樣的話買手機不就沒有意義了嗎？我這麼想的同時，大師為了要按電話號碼，而詢問那間飯店的電話。

「您要打電話給飯店嗎？」

大師沒有回答我的問題，按下剛剛告訴他的電話，對方一接電話，他便要求負責人聽電話。他報上自己的名字佐伯勝，看來是真的和負責人接上線了，

「啊，我是佐伯，平時受您照顧了。」

他輕鬆地和對方聊起來。不論人脈也好，行動力也好，不愧是有大師風範。

「其實我有件事想跟您請教。是關於昨天的事。昨天貴飯店有演員或歌手之類的名人入住嗎?就是年輕帥哥，受女性歡迎的——」

大師直接拋出問題，聆聽對方的回答。因為聽不到對方的聲音，而觀察大師臉上的表情，但他因擔心而皺在一起的眉心並未展開。

「是。對。啊，是的。原來是這樣啊。那麼還有一個問題。我想冒昧地請教一件事，在貴飯店有無鬧客房的事件呢?」

又過了一會兒後，

「的確是這樣呢。那麼失禮了。在如此謹慎的貴飯店。其實我也不是真的這麼想的。

對，嗯，那麼百忙之中打擾了。有機會的話再聚聚。那麼再會了。」

大師按下手機按鍵掛斷電話，

「看來這兩個想法都猜錯了。」

為了掩飾內心的擔心而用更哄亮的聲音說。

「既沒有鬧客房事件，昨天和大前天都沒有令女粉絲騷動的名人入住。無論是不年輕的中年男神演員，或不是男神的演員，或其他名人等等，都沒有入住。飯店沒有任何地方發生騷動，平靜如往常。」

「這樣的話，」我一邊從大師手中收下手機。「不是去看名人之類的，只是單純去見認識的人吧？」

「不是，」大師很堅持。「如果只是這樣的話，就不需要把同事牽扯進來製造工作上的不在場證明，也不需要對真以小姐說謊。

一名工作人員在工作時脫離崗位和認識的人見面，只是如同蹺班一樣的問題而已，只要說在休息事情就能解決了。」

「既然如此，究竟是怎麼回事呢？」我說。「昨天的下午一點，Lady D 到底在哪裡又做了什麼呢？」

「如果弄清楚這些的話，應該就能真相大白了吧。」

佐伯大師將雙手手心撐在桌上般地說。就在這時，

「抱歉打擾了，各位是不是弄錯方向了呢？」

微小的聲音從旁傳出來。當然不是其他人，正是春婆婆。

4

「這我可不能聽聽就算了。」

佐伯大師身子向大眾餐廳的桌子挺出去，對春婆婆說。

「推理遠遠不及名偵探的我，剛剛那些話果然很前後矛盾吧。可是剛剛那是我由衷

的想法，而且一定不會有錯。

我再說一次。昨天一點左右Lady D在何處做了何事？只要弄清楚這件事就能真相大白了。」大師停了半晌。「剛剛那句話中哪裡『弄錯方向』呢？」

春婆婆眼神朝下，這種時候多半會像這樣語氣上有些顧慮。「就我所想的，那並不一定是正確的。

只不過聽到大師剛剛說的，跟事實有點不符，雖不至於一定不一樣，但有可能是不一樣的——不得不這麼想。」

「所以是像怎樣的？」

「就我所想，」老婆婆用細小卻堅定的聲音說。「那位小姑娘，也就是D小姐那時人在何處或許並不重要。相反的，即使知道她人在哪裡，也不會對真相有所幫助——這種事情也是有可能的。」

佐伯大師感到不解，我也很訝異。老婆婆又要說出什麼驚人之語吧。

「請等一下。」

佐伯大師稍微轉換了態度。

「意思是Lady D那時無論在哪裡其實都不重要嗎？」

「我只是說或許。」春婆婆申明說。「至少是一個可能性。」

「我想請教那一個可能性，就是她在哪裡都不重要的意思嗎？」

大師有些惱火地說，

「有年紀的店員替Lady D編造她的地點，即便已目擊到她從電梯出來，仍主張『她和自己在店裡』。

也就是堅持她有不在場證明，宣稱她實際在的地方『並不存在』的假的不在場證明。這樣的話，是不是那個地方發生了什麼『事件』呢？

當然不是殺人事件，似乎也不是竊盜或其他的犯罪。但是至少不是一般的事件吧，在那個時間和那個地方發生了需要把同事捲進來製造不在場證明的事件，她穿藍色雨衣隱藏制服，離開樓層去了別的地方。這件事是確定的吧？」

「當然，或許是有這件事。」老婆婆似乎在保護大師面子。「話雖如此，但若說『確實是如此』也太果斷了。」

「換言之，春婆婆的想法是？」大師接著問下去。

「在那之前，現在才問似乎有點太慢了，」春婆婆說。「『不在場證明』這句話究竟是什麼意思呢？感覺似乎有聽過，真正的意思是什麼呢？」

的確是現在才問這問題，大師和我都快昏倒，

「意思就是『不在現場的證明』。」過了一會兒後大師說明。「發生犯罪之類的事件時，人不在現場的證明。」

我打開電腦的辭典並唸出來。「『alibi』是拉丁語，意思是『人在其他的地方』」

聽到大師的解釋，春婆婆恍然大誤地說，

「這樣的話，」她沉穩地說。「這次就是這位D小姐刻意製造不在場證明了。」

「這樣就不是問題了吧？」佐伯大師低沉的嗓音說。「如春女士所說的『一個可能性』中。」

「嗯。」老婆婆說。「其中的，下午一點『D小姐人在哪裡？』幾乎不是什麼問題。因為重要的不是那這個，而是下午一點時『D小姐人不在賣場』。」

「您說什麼？」

「請等一下。」

佐伯大師和我同聲開口說。我腦子被搞混了。

「並不是她在哪裡的問題，而是她不在賣場的問題——」

「如此一來，一樓的燒菓子賣場或許才是發生了什麼事的現場——這個可能性剛剛也說了。」

昨天下午一點左右，本來應該要在賣場的販售員有D小姐和另一位年紀較大的員工。然而，實際上D小姐卻不在那裡，而是在大廳遇到真以小姐。

不僅如此，年紀大的那位還表示『和D小姐兩人一直都在賣場』，會不會其實兩位販售員都不在那裡。年長的那位和另一個人，以及其實並不在那裡的那位，同樣穿著洋裝和圍裙，一身賣場制服的模樣。

年長的那位說了謊，這麼做的確是為了製造不在場證明。可是，並不是D小姐的不在場證明，而是這位謎樣的人物——」

「就稱那人為X吧。」佐伯大師喃喃地提議。

「好，是不是為了製造那位X的不在場證明呢？」春婆婆接著說下去。「下午一點時在這裡的販售員有她自己和D小姐。只有兩個人，所以其他的某個人，假設是X小姐，並不在那裡，她是不是這麼主張的？

穿著藍色雨衣的D小姐是為了X的不在場證明才故意這麼穿，消除賣場裡有三個販售員的特徵，也就是多出一個人的幻影。

當然也可能是我想太多。可是賣場只有一個販售員卻謊稱是有『兩個人』，跟偽造有兩名穿著制服的人，說哪種謊比較容易呢。仔細想想，這也是有可能的吧。」

春婆婆把內容統整起來，我楞楞地邊聽邊想著方才這番話。

「的確是很有道理。」

同樣看起來一臉楞然的佐伯大師開口說。

「而且是很有邏輯的推理，連我都要放棄自己的假設，轉向她的說法了。然而，如同剛剛真以小姐批評我的說法，這部分也沒有『關鍵點』——」

大師話聲一停，彷彿等著這一刻般，擺在桌角上的我的手機震動起來。

電話上顯示陌生號碼，拿出來一看是飯店的負責人，我問對方是否要接給大師，

便把將手機遞給大師，

「啊，剛剛多謝了。哎?·沒那種事。我認識的年輕人不一樣。也不會——」

大師之後幾乎只是默默附和對方，這樣的通話持續了幾分鐘後，大師一臉微妙的表情掛斷電話。

「怎麼了？」

「剛剛打電話的時候發現有件事沒跟我說，所以才打電話過來。」

那間飯店昨天果然有人氣藝人入住。只是不是男性而是女性——是一名高中生，是最近新推出來的女演員，與電影的相關人士前來飯店用中餐。

因為打扮樸素而沒有人發現她，就這樣在餐廳吃飯，在一樓的燒菓子場買了瑪德蓮蛋糕便回去。就只是這樣——」

「所以說？」

「根據負責人所說，因為有些原因所以剛剛沒說。主要是跟我問的問題有點不一樣，畢竟對方既不是男神演員，也不是來住宿而是來用餐。

而另一個理由是那位女明星跟本飯店有淵源——負責人這麼說。

那位女明星的母親以前是那間飯店的員工。負責樓層管理的工作。五、六年前離職，同時也離婚。當時由父親撫養的女兒被星探發現成為女明星，沒多久就紅了。

離婚之後母親似乎很少見到女兒，最近又變得更難見到她了。父親辭掉工作當女兒的經紀人，為了不讓奇怪的人接近她而緊盯著她。奇怪的人之中也包含了她母親。

母親這邊當然很想見女兒。由於離婚的原因是她的錯，只能忍著不看女兒，但連一面都不給看就太過分了——她似乎對還有聯絡的員工吐露這樣的心聲。

其中一名工作人員知道女明星一行人要來餐廳用餐的預定行程，或許就去跟母親聯絡。可是那位母親不可能當天來飯店，佯裝是客人晃來晃去，肯定會被老是跟在身邊的父親盯上而被趕出去。

事實上，並沒有引發那樣的騷動，一行人安靜地用餐，之後繞去燒菓子賣場就回去。那是女明星本人的要求，她從小就很喜歡那裡的瑪德蓮蛋糕，所以想買回去——就是這麼回事。」

大師說完後，我們沉默了一會兒。

或許昨日如娟絲般的雨後，飯店一角的燒菓子賣場，上演了一齣不為人知的親情戲。我想著這件事，大師和春婆婆或許也一樣吧。

高中生女明星的雙親離婚是在她小時候。父親如今依舊不原諒她，大概是母親做了什麼不被世間允許的事吧。

或許女兒也恨過母親，一定是這樣，但也許現在已稍微原諒母親了。不論是年齡比較成熟，或已經出社會工作，現在的她已接近成熟的大人，或許已經能理解事情狀況了。

若非如此的話——如果現在仍恨著母親的話，就不會吃完飯後繞去燒菓子賣場。飯店的招牌瑪德蓮蛋糕，肯定是她小時候，母親下班後買給她的禮物。

飯店負責人對這件事知道多少呢？是什麼都不知道，抑或是知道卻佯裝不知情呢？他原本打算跟佐伯大師透露多少呢？

「我想了很多，」佐伯大師打破沉默。「真的非常佩服春婆婆的洞察力。」

「您過獎了。」

春婆婆彷彿體現了「謙虛」這詞，縮起身子搖頭說。

「話說回來，我之所以想得到這原因，可見服裝真的很重要。」

「服裝？」

「因為，燒菓子賣場的販售員，只要在制服上套藍色雨衣就能看起來像客人，而不是賣場人員——以前穿著同間飯店卻不同制服的人，穿上賣場人員的洋裝看起來就像販售員，看不出原來那個人的身分。

話說回來，能夠換來換去的，或許只有飯店這種地方才辦得到。脫離平時的生活環境，最適合做為演戲的舞臺。雖然我自個兒是沒去過都心高級飯店之類的地方。」

「哎呀，是這樣嗎？」佐伯大師說。「那麼，下次能一起在那裡共進午餐嗎？」

我內心小鹿亂撞。佐伯大師正在邀請春婆婆。這句話是老派的「約會邀請」話術

——

「這樣可不行，我在那種地方會很緊張，什麼都吃不下。」

春婆婆用彷彿快消失的表情和聲音說。就算不是在那種地方，她也什麼都沒吃，而且並不是比喻，春婆婆真的瞬間就會消失。

如果是戀愛的話，大概是單戀，且肯定是無法成功的戀情。不僅是單戀的人，被單戀的對象也肯定會很辛苦。

身為默默無名的自由寫手的我，比我年長許多，而且是彼岸的人——在不同的意義上，這兩個人各自替對方的感情生活擔憂。

棒針與咖啡杯的謎團

1

是我弄錯日子了嗎？進到平時常來的大眾餐廳時，頓時有這樣的感想。我一直以為今天是星期六，難不成是我弄錯了？

即使稱不上絡繹不絕——尤其是上午——是這家店的特色，在近郊架起了大眾餐廳的招牌，週末的人潮仍不算太多。應該說，週末的人潮也補不了平日的虧損。

然而，今天店內卻連三三兩兩的客人說話聲都沒有，是完全沒半個客人的狀態。我回想好幾次今天的確是星期六沒錯，穿著白上衣的山田店長與橘色洋裝的女服生兩人，一臉等待客人的表情站在那裡。如果是平日上午，也常有接待客人的工作人員只有一位的情形。

甚至連正確來說不是客人的幽靈春婆婆也不在，我不禁走向裡頭的角落位置（春婆婆的指定席）旁邊的座位。我以背對著門口，正面朝牆壁的形式坐下來。

為了在春婆婆現身背靠牆坐下來時就馬上走向她，一開始就坐這位置是最快的。

雖然我以前喜歡坐靠窗的座位。況且今天不是為了找春婆婆商量事情才來店裡，而是想好好工作的。

話雖如此，或許是截稿日還沒到，我整個人還沒釋放出要賣力工作的氣魄。

「最近還好嗎？」

看似很閒的店長端來我的咖啡後並未離開，而是問候我。

「一如往常啊，工作或私領域都一樣。」

我沒有說太多，

「對了，這樣沒問題嗎？明明星期六，店裡的客人只有我一個。」

身為利用這個空間的人，店裡很空很安靜當然很好，但也會令人擔心。

「不會，多虧有您，還不用考慮到歇業的窘境。」

不至於稱不上不是帥哥，具個性且有些陰沉的五官，這樣的山田先生說出我腦中在想的事。

「吃飯時間還是有不少客人，但上午或下午茶時間裡，客人的確比以前少了些。因為附近開了新的咖啡店。也就是所謂的甜點專賣店，那裡的鬆餅似乎特別有名。」

「啊，那個不是很好吃。」我說。「雖然賣點是份量很厚，但要我說的話，發酵粉加太多了——」

發現到店長的眼神後，我閉上嘴。

「也就是說，」店長露出有些埋怨的語氣：「寺坂小姐也去過那家店嗎？」
「算吧，剛好和朋友聊到。只有一次吧。」
「當然，那是寺坂小姐的自由，您也不需要太顧慮我。」
口氣如此禮貌，我自己倒有些愧疚，
「我只是想去一次看看，從來沒有想換地方的意思。如果要常去的話一定會來這家店哦。像是工作啊，或來聊聊天之類的啊。」
我可以拍胸脯保證，最重要的是，咖啡還可以免費續杯，所以可以長時間待在店裡。站在餐廳角度來看並不是值得高興的事。」
「也是啦，那家店有那家店的好，本店也有本店的優點。」
店長半自言自語般說著。
「沒錯，而且這家店也有天大的祕密。」我跟著附和。「不是可以見到難得一見的人嗎？平時很難見到吧？」
「為求謹慎，我想確認一下，您是指春婆婆嗎？」
「嗯，當然。對了，說到春婆婆——」
我詢問的同時，想起了一直很好奇的事。
「你曉得畫家佐伯勝大師吧，他似乎住在這附近。」
「嗯，我聽過店裡的人說過。大師最近似乎時不時會來店裡吧。我本身因為排班的關係，所以沒見過他。」

「關於那位佐伯大師。」

彷彿只能趁現在似地，我向店長提起他的事。事情是在三月底的時候，南野先生將小椋小姐介紹給我時，恰好坐在隔壁桌的大師，聽到我們在聊春婆婆的傳聞——聽說她是個「名偵探老婆婆」，他本身就很喜歡解謎，所以對此很有興趣。

而且一看到春婆婆（大師眼中的），不知道該說是他對春婆婆本人很有興趣呢，還是被她迷住了。

「他一直誇讚春婆婆穿和服的模樣，說什麼很久沒看到穿得這麼有品味的人了。」

「哦哦。」

店長深思般地點點頭，我接著說：

「一開始他是跟春婆婆本人說，隔天也特地過來——他說服這裡的女服務生，要是春婆婆出現就跟他聯絡，同樣的事情又再說了一遍。而最近終於約她吃午餐了。約在都心高級的飯店。」

「都心高級的飯店裡用午餐？」

「似乎是順著話題而開口邀約了。」

這裡也算是餐廳，也提供午餐。因為覺得不能讓店長不高興，我拚命解釋。

「我因工作緣故去那間飯店時，發現有件不可思議的事，因而如同往常般地變成待解開的謎團。佐伯大師也參加解謎，但大家講得都不對。

最後春婆婆果然拒絕佐伯大師的邀請，那時她說『我沒去過都心高級飯店』——」

「將本店和高級飯店相比，我也不可能開口請她選擇那裡。」

店長先這麼說後，

「可是，」他壓低聲音說。「怎麼偏偏會約春婆婆吃飯？而且還是都心那樣跟她緣分很淺的地方。」

任何人都知道幽靈不進食，但其實不只這樣，如果勉強離開生前熟悉的地方去到別的地方就會精疲力盡。這件事我也是之前才從春婆婆那裡得知的。這樣的知識對未來可能也沒什麼幫助，但有機會知道也不錯。

「無知真的很可怕。」店長聳肩說。「雖然不能這麼對有名的畫家說。」

「不用說，春婆婆拒絕了大師的邀約。」

「這倒也是啦。」

「可是，」我的身體不禁向前。「佐伯大師這個人常常出招呢。像是跟春婆婆坐同一桌，或想聽春婆婆的推理，且經常誇讚她。

他自己也說是春婆婆的『粉絲』，就我所見，或許是這樣沒錯——」

「他對春婆婆有意思。可以這麼說吧？」

我自三月以來所想的事——所擔心的事，店長就這麼小聲地說出口。

「是這樣吧?任誰都會這麼想。」我也跟著壓低聲音。「看到他那樣子就知道。不過，當然也不一定就能成功。」

「可是——」

「我調查過了，佐伯大師的太太很早就過世，所以目前單身。春婆婆也是，我記得成為幽靈前也是寡婦吧?」

「是這樣沒錯，但這樣就沒有問題嗎?」

店長輕輕搖頭。

「不論是結婚或單身，一般的戀愛有這些就已經是大問題了，更何況他們兩人的狀況還更嚴重，在這之前——」

「的確是很大的問題，如同無法跨過的高牆一樣。」

「就是說啊。而且佐伯大師不可能不知道這種事吧，假設——如寺坂小姐所說他對春婆婆有意思，如果知道這道高牆的存在，會有勇氣跨越嗎?」

的確是這樣。我點頭同意之後，

「而且，不曉得春婆婆是否會回應大師的心意——」

「看來是不會吧。」店長斷言說，並搖搖頭。跟剛剛的不同，力道強到宛如聽得見強烈的風聲。

「並不是高牆的問題。以春婆婆現在的立場，與這些俗事的感情是無緣的。跟不用吃東西的道理一樣。」

「俗事的感情啊——」

從以前就這麼想了，店長似乎把春婆婆看得很神聖，或許是成長環境的關係吧，記得他父親在幸田家工作，所以從小就知道春婆婆是那家的夫人或老夫人了。

就我來看春婆婆是個很可愛的婆婆，不但個性親切也很愛湊熱鬧，也有調皮的地方。由於我不知春婆婆生前是怎樣的人，不知道和當時相比有什麼差別。

當然她並不是可怕的幽靈，但也不是聖人，也有具人性的地方，但也的確和我們不一樣。像是不吃東西也不會死，也沒有像動物本能那樣受欲望所左右。

而戀愛就是屬於動物本能的欲望，或許店長的意思是這樣吧。

「所以說，大師和春婆婆的戀愛，真是難以想像的組合。」

店長獨斷地結束話題，視線看向我的背後——沒有半個人的店內，眼神有些迷濛。

他或許是想到自己的戀情。以我的直覺來看，他可能在想著破局的相親對象，又或者想起小椋小姐。

三年前，店長在友人的宅第被捲入某事件時，似乎對貌美的女刑警起了愛慕之意，當時沒有下文只是留在記憶中，最近卻在意料之外聽到她的名字。

一知道她派駐於附近的警察署，自己沒上班時也曾來過這家店，期待有天能遇到她——會不會萌生這樣的心情呢？會這樣向我搭話，也是因為想聊她的事，我跟她有沒有約了要在這裡見面，才是他真正想問的吧？

可是，實際上並沒有這樣的預定。南野先生將她介紹給我，說「如果有煩惱的話可以互相商量」就離開，但目前並沒有這樣的狀況。

小椋小姐或許很瞧不起我，我對她也沒有好印象。最重要的是，我已經有春婆婆這個軍師，沒必要仰賴她。

最主要是，我和她在這裡見面的機會簡直微乎其微。對店長而言，上次見面只是恰巧而已。而且，就算去見她，現在的小椋小姐和店長心目中的三年前的身形相去甚遠——

我想著這些事，店長嘆息的時候，感覺店門打開了。店長的視線循聲看過去，我也不禁轉過頭。

進來店裡的當然不是小椋小姐，是外表四十歲左右的男人。身材中等，一身休閒打扮，手提著小型的波士頓包。

他一踏進門就停下來，環顧著店內後又轉過身。他是想離開吧？至少他有這麼想過。

只是剛好這時門又開啟，新的客人進來。新的客人就這麼大步走進來，他便這麼給推回來。

而這位新的客人——大搖大擺地進到店的裡頭，幾乎遮去我視線的一半——竟然是小椋小姐。她並沒有比之前見面時還胖，但也沒有變瘦。具有將和自己撞在一起的男人給推回來的迫力。

她穿著有點鬆的T恤，腰部是鬆緊帶式的長裙。大概是現在才要去上班，但這裝扮與其說是維護社會正義，倒像是去附近超市工作的收銀小姐。若將手中抱著的夏季外套披起來的話，可能看起來會比較像公務員吧。

總之，她就是我所認識的小椋小姐。無論是土裡土氣的服裝、眼鏡，或髮尾亂翹的髮型，以及肉肉的臉上的酒窩——那絕不是酒窩，而是自大地拖著嘴角時而浮現的溝。

她走向裡頭窗邊的位置，坐在背後是牆的座位上。旁邊隔著一個空位，斜向面對我的狀態。

女服務生替她點餐，店長人在男客人那裡（他終究坐了門口附近的位置），當然也應該有看到小椋小姐的身影才對。

然而店長的表情卻沒有變化。看來是因為他並沒有發現身形已然改變的小椋小姐。而且小椋小姐看到店長似乎也沒想起他是「三年前的被害者山田先生」。或許是這樣吧。畢竟她從大量的事件中，看過大量的被害者。

小椋小姐點完餐後，從包包裡拿出筆電，開始敲起鍵盤。我絕對不是在跟她比，但我也打開電腦，繼續寫起音樂專欄的訪談文。

既然開始工作就得集中精神，心情彷彿回到沸騰的會場般敲打著鍵盤，此時，
「好久不見了。」
從旁傳來的聲音，把我拉回上午的大眾餐廳裡。
坐在窗邊位置的小椋小姐看著我的方向。原來是三年前的「美女刑警」跟我打招呼。

2

「啊，妳好。」
連我自己都覺得這回應很敷衍。眼鏡深處的玲瓏大眼——也一半被埋進胖胖的臉裡，向我投射強烈的光芒。
「今天是什麼樣的工作呢？像之前一樣是新產品的評論嗎？」
小椋小姐用比那時親切（倒也不算）的語氣詢問我。
「不是，這次是樂團的評論。」我說。「是音樂的樂團，是還不有名的搖滾樂團。」
「妳喜歡這類的音樂嗎？」
感覺話中有些瞧不起人——或許只是我的被害妄想而已。
「嗯，對啊。」光只是被問也很不甘心，所以便回問她：「妳喜歡哪種音樂呢？」

「與其說種類，我本身其實不太聽音樂。」她表情冷漠地說。「我認為不只音樂，像是美術、文藝，也就是所有的藝術都只是逃避現實而已。」

「啊，是這樣嗎？」

「對了，南野先生好嗎？」

「我想應該很好，他似乎忙得團團轉，我們幾乎沒什麼見面。前一陣子本來約好一起吃飯，卻取消了。」

聽到我的話，小椋小姐似乎要說什麼——說不定她是想說「我認為戀愛根本就是逃避現實」，剛好女服務生端來她點的早餐。吐司、兩個蛋、香腸、培根，以及薯餅的套餐。

她說了聲「失禮了」後便開始用餐，我也回到工作上。應該說，我想回到工作上，但因為在意她旺盛的食欲而無法集中精神。

就在這時，小椋小姐忽然抬起頭，看往入口方向的臉上浮現出「哎呀」的表情，我好奇是發生什麼事了，也跟著看過去。

我臉上肯定也浮現同樣的表情。因為剛剛的男客人正在織毛線。慣用的那隻手靈活地動著棒針，織著藍灰色的毛線。不知是在織毛衣還是背心，大概是夏季織物吧。無論是從線的感覺來看或現在的季節。

織毛線的人女性居多，且大部分的人只會織圍巾等的小東西（我本身也屬於這類），大多是在家裡織，所以稱得上很罕見。

話雖如些，也沒規定男人不能在餐廳織毛線，一直盯著瞧也很不禮貌。我把心力拉回工作上，過了一會兒後，可能是吃完飯閒著沒事做，小椋又再度跟我說話。

「之前來的時候也一樣，這家店沒什麼人呢。再加上很安靜，寺坂小姐工作也方便吧。」

「嗯，對啊——」

妳倒是打擾我了，這句話我當然不會說出口。

小椋小姐說得沒錯，隨時來這家店都沒問題，做為一間大眾餐廳算是安靜的。客人既少，音樂也不吵。也沒有精力充沛大聲說話的店員。

連現在也一樣，幾乎只聽得到男客人動著棒針的聲音——這當然只是個玩笑話，但這時，店內響起數位相機的快門聲。似乎是那位客人在拍織到一半的毛衣。可能要上傳到自己的部落格吧。

「對我而言，這家店很舒適。」小椋小姐說。「最棒的地方就是不會遇到認識的人。我們署裡的人似乎不太喜歡這裡。」

「是這樣嗎？」

「嗯，同事說『那裡感覺陰陰的』。那些刑警說，因為平時工作肅殺之氣很重，所以熱鬧的地方比較好。」

小椋小姐說出這句話時，陰森森的店裡發生小小的異狀。

可能是食器倒了或快要倒了的咔啦咔啦聲。就在那聲音的前後，

「啊。」

「對不起。」

我轉回頭，門口附近的客人把編織物拉過來保護好，店長頻頻道歉，擦拭著倒出來的咖啡。

「因為棒針前端勾到了杯子的把手。」小椋小姐解釋說。「店裡的人偏偏把杯子放在奇怪的位置。」

幸好只弄髒桌子，但店長難得會失誤，我覺得能夠理解他為何會這樣。

聽到剛剛小椋小姐的話，從「我們署裡」「刑警」等單字而想到她的真實身分，因而動搖了吧。畢竟她的聲音應該和三年前一樣，身影容貌也多多少少留有以前的樣子。

店長那原本就長的臉看起來更長，且一臉茫然搖搖晃晃地往廚房走去。感覺他應該不會再回來了，客人也慌張地把重要的編織物收進包包裡，結完帳便離開。這裡只剩下小椋小姐、我和女服務生三人。

「妳看到了嗎？剛剛那個人，」小椋小姐又再度跟我說話。「樣子變了很多呢。」

「剛剛那個人，是指——」

我用手示意廚房的方向說。

「那位客人，」小椋小姐下巴指著門口。「剛剛回去的那個人。」

「如果是那個人的話，是有點奇怪——但也不至於——」

「是很怪啊！」小椋小姐肯定說，身體往我這邊湊過來。「別跟其他人說，我覺得那個人有祕密。」

「祕密？」

「嗯，雖然不知道具體的內容，但我很確定。雖然之前沒見過那個人，也不曉得是怎麼樣的人。」

「哦——」

「我們來猜猜看那個祕密，比比看誰猜得快？如何？」

「哎？」

「說是比誰的推理快也無妨，寺坂小姐和我一起比賽。」

這個人到底在說什麼啊？

「當然，寺坂小姐也可以去請教軍師。」

我目瞪口呆，小椋小姐接著說。

「那位，就是名偵探婆婆。我雖然只有一個人，但畢竟是現任的警察，讓妳一點當然無妨。」

「呃，這個嘛——」

「問題就是這個。剛剛那位客人的祕密是什麼呢？我們根據各自調查與推理解開這個祕密，得出結論後就傳訊息通知。郵件地址寫在這裡嗎？」

我無可奈何只好和小椋小姐交換電子郵件。雖然這麼做不等於我答應要進行推理比賽。

「此外，做出結論以前，如果獲得有力的情報——只要是關於這件事，為求公平都要傳訊息給對方，可以嗎？」

「好的，啊，不——」

「妳似乎不是很想比呢？」小椋小姐淺淺一笑。「果然比賽的時候，沒有獎品就不夠吸引人。」

「獎品？」

「其實，我三月和南野先生交接工作時，他曾欠我一個人情。」

她突然說起無關緊要的事。

「當時他說：『我請妳吃飯當作道謝。』但一直都還沒成行，所以我留有這個權利。寺坂小姐跟他約吃飯也被取消了，這麼說來我們的立場相同呢。

所以，這個這麼樣？等他工作告一段落有時間時，寺坂小姐和我哪一個——在這場比賽獲勝，就可以先和他吃飯，如何？」

她在說什麼？我一時半刻說不出話來。

我是南野先生的女朋友，雖然交往不久，且最近不太有見面的機會。

但立場相同這種話聽起來就令人火大。另一方面，欠職場同事人情而要道謝，這麼重要的約定也令人——

「那麼就這麼決定了，」小椋小姐胖嘟嘟的臉更加清晰，露出惡魔般淺淺一笑說：

「我得走了。」

我連說「請等一下！」的時間都沒有，沒想到她看起來輕盈地起身，結帳完便走出店外。

我茫然地望著她消失的門口，此時耳朵傳來低沉的聲音：

「那位就是小椋小姐嗎？」

聲音的主人不用看也知道，

「對，小椋敏惠小姐，是位女刑警。」

我仍然背對他回答，覺得似乎有點沒禮貌而轉過身來。佇立在桌子旁邊的店長，臉上仍帶著衝擊的表情。

前一陣子店長不是才說「不可以太著重女性的容貌」什麼的。雖然很想提醒他，我卻選擇閉嘴了。畢竟異性的美麗很難抵抗，對那樣的人有憧憬我也很懂。

店長的確也很可憐，但這狀況下不用同情他也無妨。

硬要說的話，似乎我還比較可憐。被強迫參加在大眾餐廳偶然遇到的陌生客人祕密的推理競賽，若輸了這場比賽，與一直見不到面的戀人「先吃飯的權利」就會被奪走。

競爭對手是連同業的評價都很高的現任刑警，不僅如此，雖然現在的模樣有點胖又不修邊幅，但以前是「大美人且身材很棒」的女性。如果恢復原來的模樣（本人也有那個意思的話）也不無可能，也就是說她的潛在能力很高。

話雖如此，也不可能從幾天到幾星期的時間，就能重回三年前的曼妙身材。然而，美女特有的存在感——魅惑眾人的盛名，小椋小姐這個人至今似乎仍留有那樣的魅力。

我嘆了口氣，同時站在旁邊的店長那深深的嘆息也不輸給我。

不過話說回來，那位客人哪裡顯示出「隱藏著祕密」的態度呢？他的確慎重保護著尚未織完的毛衣，但在眼前打翻咖啡，任誰都會這麼做吧？

解開迷團以前，甚至連謎團是什麼都不知道的狀態下，當然不會有勝算。如果只有我一個人的話。沒錯，小椋小姐不是也說了我可以去請教軍師嗎？

「怎麼了嗎？為何你們兩人都一臉憂愁的表情呢？」

那位軍師出聲了。既是幽靈也是名探偵的春婆婆，依照慣例，她不知何時已坐在餐廳裡頭的角落席上。

3

「——總之，就是這麼回事。」

我面向角落席位上的春婆婆，照慣例一隻手拿著手機，約略講起今天發生的事。可以的話，希望能靠自己的力量解開謎團——這次我不會這麼逞強。畢竟與小椋小姐的比賽，是攸關「獎賞」的競爭。

「小椋小姐說那位客人有祕密，只有這件事她很確定，可是我無法理解她為何要說出這種話。

關於祕密的內容該怎麼說呢——該說是推理或調查之類，是那客人之前的事。」

「而那位若搶先知道這個祕密，就贏了。那就是問題所在吧。」

老婆婆一如往常溫柔說完後，聳了聳穿和服的肩膀。

「可是，老實說，我想妳應該也明白，就算輸了，應該也不用擔心才對。」

「南野先生不知會不會想和小椋小姐吃飯——」

「嗯，這是當然。就算那位因為一些隱情如今變胖了，如果恢復往日模樣依舊是個大美人兒。

但就算她變回以前的模樣，也不至於魅惑眾生的。真以小姐有妳自己的魅力，也很可愛，可以說人的喜好各有不同。」
「嗯，對、對，就是這樣。」
仔細想想這話有點不禮貌，但我倒是很開心。
「從一半是女人的這個世界中，從一堆很棒的人之中，南野先生喜歡上了我。」
「可是，」春婆婆接著說。「如果賭輸了，與忙碌的情人見面的機會又要延期了。這樣的確很傷腦筋呢。
悶悶不樂對皮膚不好，而且妳的工作若停滯不前可就不妙了。」
「我的工作？」
「對，我這老婆子會替妳的撰稿工作加油的。我們初見面時就是因為這個吧。」
的確是這樣沒錯，我一想到當時的情景胸口便有些微燙。
「既然這樣，」春婆婆歪著綁得整整齊齊的頭髮。「看來，妳只能和那位女刑警比賽了。話雖如此——」
我也同樣猜不透她的意思，想到這裡。
「那位客人在打什麼算盤。雖然必然是這樣沒錯，但究竟打著什麼樣的算盤呢——」
老婆婆一派輕鬆地說出和女刑警類似的話。
「您要說的是『我知道對方在打什麼算盤』吧，像小椋小姐一樣。」

「是。若願意的話，就讓我這個老婆子一起依序回顧這件事的狀況吧。」

「務必麻煩您了。」我誠心拜託她。

「那麼，先從那位客人進到店裡時開始。」

春婆婆雙手整齊地放在穿著和服的大腿上，一如往常正坐的姿勢開始推理。

「店裡除真以小姐妳之外沒其他人——當然山田先生他們另當別論——然後妳坐在那裡。」

她手指著隔壁桌子，

「坐在那邊的椅子上，背對著門口，是這樣吧？」

「嗯，對。門打開的瞬間，想說『是誰呢？』而回頭。」

「然後，看到這家店的狀況，那位客人停下腳步。猶豫著該不該踏進來。是這樣吧？」

「沒錯。」

「這時，那位女刑警進來了。」

「是的，大搖大擺地進門，那男人像是被小椋小姐推回來的感覺，最後就坐在店裡了。」

「就是這裡。」老婆婆豎起指頭說。「真以小姐雖然這麼說，但那位客人放棄離開，應該不是因為被刑警小姐的身形或態度給推回來的關係。

一開始想離開時，是因為店裡的客人只有妳一個人。之後改變主意是因為增加了兩個人——會不會是因為這個原因？」

「咦？」

「妳是在店的裡頭，面向牆壁坐著。整個人背對整家店。他不想進到只有這種客人的店——會這麼想也並不奇怪。」

「也就是說……」

「然後，坐到位置上的那位的舉止。」春婆婆接著說。「他從包包拿出長棒針，開始織起類似大件毛衣般的東西。雖然不會造成任何人不便，但在這種店很罕見而引人注目。現在這個季節以及男人這個身分，更加罕見了。

將這件事跟剛剛進門的舉止，合在一起聯想的話，是不是就是想引人注目呢。那位是希望別人看到他會記得他。不只店家還有客人，而且不只一個客人，還要兩個客人都記得他。」

「也就是說……」

「還有另一點不能忽略的事。」春婆婆打斷我的話。「那位客人慌慌張張離開的原因。」

「原因？」我說。「就是店長把杯子放在奇怪的地方而打翻咖啡——」

「這件事我也聽說了，還有沒有其他原因呢？和這件事同時發生的，也就是在那之前。」

「在那之前？」

「原因，」春婆婆說。「山田先生難得會出錯的原因。」

「嗯，既然如此——」

我瞄了一下在另一端接待客人的店長（客人三三兩兩地增加）。

「因為聽到小椋小姐的話。『我們署裡』或『刑警同事』這些事。這些話一聽就知道她就是那位小椋小姐。」

老婆婆又再度豎起食指。

「妳跳過一段沒有說。」

「咦？哪裡呢？」

「就是剛剛我說的，她畢竟是『女刑警』。

當然，山田先生聽到的話，就會聯想到『那個人是刑警，也就是小椋小姐』，第二件事雖然很重要，但那也是山田先生個人的事情。

若沒有那樣的隱情，只是聽到那幾個字的話——」

「那人知道的是『這家店裡有刑警』。』

「說得沒錯。」

春婆婆冷靜地說，一頭整齊的白髮點點頭。

「知道了這件事，那位客人便立刻離開。春婆婆說的就是這個吧？和店長失誤打翻咖啡，與編織物差點被弄髒沒關係。」

因為店裡有警察，才會趕緊離開。如果真是如此的話……

「那個人有什麼可疑的地方嗎？」

「觀察他想回去的原因，思考『這也是一個原因』也不為過。可是——」

「與剛剛的『故意在店內凸顯自己的存在，製造目擊證詞』合在一起，整體來說的確是很奇怪的印象。」

我頓時想起春婆婆一開始說的「那位客人在打什麼算盤」。我終於領悟，春婆婆才花了這麼點兒時間，就想到的結論。

而且，小椋小姐肯定也很快就來到這一步，這兩人說不定是推理的好對手。

「那位客人是為了製造不在場證明才來這裡的。而那並不是對老婆說說謊這種小事，而是會出動到警方的真正的事件。」

故意用數位相機拍毛衣也是為了留下「我在這個時間在這個地方」的證據，所以這說法頗能認同。

「我是這麼認為的。」老婆婆聳聳肩膀。「只不過，雖說是真正的案件也有大小之分。希望不是太嚴重的事件——」

這一點我也這麼想。畢竟現任警察官的小椋小姐，對我這個外行人提出「推理比賽」就表示不是什麼大案件，她自己就能解決吧──希望如此。

「總而言之，雖然有案件發生，但我也不是立刻就能想到是什麼事。只能等待那位刑警的聯絡──照約定等待她的訊息。」

春婆婆說，我也點頭同意。若是需要警察處理的重要事件，小椋小姐絕對有壓倒性的優勢。只要她沒在早一步的階段告訴我情報。「推理比賽」這種事根本辦不到。

小椋小姐也不至於不遵守約定，但難免會稍微拖一下。想起她離開店時那抹邪惡的冷笑，我便感到憂鬱。

「只不過，」春婆婆說。「有一點我無法釋懷。」

「哪一點？」

「那位客人猶豫著要不要進來，而且似乎也像是馬上想要離開，如果真的離開的話怎麼辦呢？」

既然好不容易訂立出計劃，應該會想進到哪家店裡織毛衣，但附近應該沒有那種地方。」

「最近開了一間新的咖啡店。」我說。「那家店的鬆餅很有名。」

「說得也是，那也要叫山田先生他們不能大意。」

一邊聊著題外話，一邊修改稿子，但我覺得我的心不在這裡。然後，等待的事情終於發生──電子郵件寄來了。寄信者是小椋小姐，標題很簡單，就是「事件」。

「咦？」

我提起勇氣按下去，卻驚呼了一下。信中並沒有內容，空空如也的一封信。

本想告訴春婆婆這件事，頓時察覺到空氣的變化。店門開啟，有個人——小椋小姐大搖大擺進到店裡。

不是用寄信的，而是優秀的女刑警本人特地移駕來此。我趕緊將行動電話收起來，移動到隔壁桌。她也沒徵求我的同意便在對面坐下來。

從我的角度來看，正前方坐的人是她，而斜前方坐的是春婆婆。只不過從小椋小姐的方向來看，店裡頭只有她和我兩個人而已。

「發生了。」

她急忙地走過來用手帕擦拭額頭的汗說道。

「發生了什麼？」

「就是事件。信件標題不是寫了嗎？」

她說話依然那麼直。

「明明有事件發生，小椋小姐為何還來這種地方呢？」

「那事件不是我負責的，也不是全體動員出動的大事件，雖想寫信就好，但覺得用說的比較快。」

無論如何，小椋小姐遵守了約定。為了告訴我獲得的情報，特地直接殺過來。

4

「今天，住在這附近的四十多歲男性——姑且稱他為A先生吧——騎腳踏車衝進署裡。他報案說，他出門時小偷闖進家裡，打破窗戶入侵，把他珍藏的郵票收集冊搶走了。

同一個城市裡，上星期也發生同樣的竊盜案。也是郵票收集家的五十多歲的B先生被闖空門，郵票收集冊被偷走了。這時回到家的B先生發現小偷正要離開家，原本想把他抓起來，可惜被他逃掉了。也有目擊者看到兩人扭打的畫面。

寺坂小姐也明白這道理吧，住附近的同好之間，常常有不是感情好就是感情差的例子，A、B兩位就是後者。問題就是在這裡，上星期戴口罩與墨鏡闖入B氏宅的小偷的背影與走路姿勢都酷似A先生。至少，B先生是這麼認為的，也到處對附近的人這麼說。

當然他也跟警察說了，從警察來看，單單只有平時交情差的B先生的證詞，是無法對A先生正式偵察的。

近日會找他問話——才剛這麼想，這次換A先生家被闖空門。今天上午他在散步途中繞去大眾餐廳，就在織毛線打發時間的這段期間。」

「也就是說——」

「A先生當然就是寺坂小姐和我在這裡遇見的人。」

原來如此。

「關於那個人，」我慢慢地說。「原本以為他是為了製造不在場證明而來這裡。一開始來的時候，看到只有我一個人而想離開，或故意織毛線吸引人注意，從這些舉動想到的。但這不是我自己想到的，而是那位名偵探老婆婆的想法。」

「你們打電話討論嗎？畢竟她人不在這裡？」

「對。」

在我視線角落上，本不該在這裡的老婆婆聳聳肩，調皮地一笑。

「我也跟那位老婆婆的想法相同。」

小椋小姐表情很認真。

「從那個人，A先生在這家店時就有這想法了。只不過希望妳相信，如同那時我所說的，我完全不曉得A先生或任何人，甚至這一連串的事情。

所以我才會故意刺激他，說出讓他知道我是警察的話。那個人犯了罪，或近期在計劃中，且尚未進行的話——雖然可能性並不高，若真是如此，遇到我的話或許會打消這個念頭。我是這麼想的。」

「啊，原來如此。」

我點頭後，又覺得哪裡不對勁。眼前的小椋小姐是因有內情而變胖的前任美女，剛剛說的事或許很正確。

警察的使命是「逮補做壞事的人」，也有人會這麼想，可是最好的話就是預防防罪的發生。這樣才是真正的正義的一方吧。

「實際情形呢？」我進一步問道。「不覺得今天發生的闖空門事件，是A先生自導自演的嗎？假裝自己也是被害者之一，為了洗清在B先生事件中的嫌疑。」

「那樣的可能性很高。」

小椋小姐點了點頭。

「畢竟今天的A氏宅事件中沒有任何目擊者，也不像B先生那時的狀況一樣，被害者和小偷互相扭打、家中有被翻找的痕跡。集郵冊的確不見了——話雖如此，也只是這樣而已。

小偷的確在A先生不在家時闖空門，令人這麼想的唯一的因素只有附近居民的證詞而已。剛好A先生在這裡時的不在場時間期間，聽到玻璃破掉的聲音。

可是這種事很容易辦到。事前先不發出聲音默默打破，之後再錄音播放這個聲音，或是自己不在家時實際打破玻璃——只要用定時的裝置扔石頭，這樣也不是難事。

安排這樣的裝置後出門，回家後再處理掉，處理完畢後再向警方報案即可。A先生或許就是這麼做。雖然目前並沒有證據。」

「上星期的B先生闖空門事件呢？妳覺得犯人是A先生嗎？」

「我個人是這麼認為的。」小椋小姐點點頭。「可是，和剛剛自導自演的狀況一樣，沒有任何證據。

只不過這個B氏宅的事件發生時，犯人左手似乎受傷了。B先生抓住犯人的手扭起來時造成食指挫傷，因為這是重要的證據，所以希望能盡快調查A先生的手——B先生這樣跟警察說。

而今天來報案的A先生的左手——」

「怎麼了？食指有受傷嗎？」

「不只這樣，整個左手都不能動了，全部的手指都挫傷。他的說法是散步後回家看到家裡的狀況嚇了一大跳，連忙衝去報案時，騎自行車摔傷了。」

「那是——」

「當然，感覺很刻意。若要報警的話，不需要用衝的，打一通電話就行了。

為了掩飾一個傷，而讓自己受更重的傷。若是真的的話，他的執行力可真驚人呢。如果做了這些事的話，那也是必要的。也就是實際上A先生的食指受傷，此時此刻完全不能動了。

但問題就在這裡。那個人在這裡織過毛線。」

「嗯——」

「無論是刑警同事們，或我自己，對織毛線完全一竅不通。」

小椋小姐斷言說，我內心暗忖：「看得出來啦。」

「可是，我問了一位喜歡手工藝的太太，聽說左手的食指對於織毛線是非常重要的。」

小椋小姐從包包裡拿出咖啡杯的照片。那是將織到一半的毛衣放大的照片。

「這個針腳，」小椋小姐說。「不覺得很整齊嗎？」

我拿起咖啡杯，放在春婆婆容易看得到的位置。從剛剛就一直很安靜（不得不安靜）的春婆婆伸長脖子睜大眼盯著看。

「的確很整齊呢。」

我說，春婆婆也點頭認同。當然小椋小姐是看不到她的。

「問題就在這裡。」

小椋小姐不認同地嘴角下垂。

「既然如此，A先生的手指在上午仍能正常活動吧。上星期並沒有闖入B先生家，今天來署裡騎腳踏車摔倒也是本人闖的禍，手指挫傷完全是巧合。」

刻意在餐廳織毛線，拍下毛線的照片並不是為了製造不在場證明，一曉得我是警察便一溜煙跑走，也只是我眼裡所見而已。

或許不得不這麼認為，但我還是無法認同，所以才來這裡，希望讓那位老婆婆看這個。畢竟老婆婆給人的印象就是，沒事閒閒地坐在簷廊讓貓咪坐在大腿上織毛線，不是嗎？」

小椋小姐逕自發表自己的意見，春婆婆望著照片然後搖頭，

「如果是和裁的話畢竟是女子的嗜好，我也學過。但是西洋風的編織物——」

春婆婆用只有我才聽得見的聲音喃喃說。更何況毛衣這種東西在織完以前是不能穿的。

這麼說的話，或許的確只有我最熟悉棒針吧。左手食指很重要我也能理解。既然如此，我就來找找看線索吧——

我被一種義務感所驅使而觀察照片，幸好有這麼做，讓我察覺到一件事。

「這個針腳，」我說。「是起伏編呢。」

「啊？」小椋小姐只用一個字就要求我解釋。

「棒針編織有各種織法，但最基本的織法是平針編。」我答道。「那是每一段都有表針與裡針輪流編織的織法，是織毛衣時一般所見到的平整織物。在同一段中每個針腳輪流編織的是鬆緊針編。使用於袖口的編織，能橫向伸縮的織物。

可是照片的這種織法是起伏編，是縱向伸縮的針腳，這種織法是從最初到最後，都只要用一種織法來編織就可以了。」

我對著一臉茫然的小椋小姐繼續說明。

「總之就是基本上表針與裡針是兩種的針腳，搭配組合成各種織法。」大致解釋道。「然後剛剛所說『左手的食指很重要』，那是織表針時才需要的。因為要一直伸食指，維持將毛線掛在手指上織毛線的姿勢。

既然一直織裡針的話，食指出場的機會就沒有那麼多，如果是這種可能性的編織法——」

「那個叫什麼，起伏編的，就是這種織法嗎？」

「對，徹頭徹尾都只用裡針編織，只用一種織法。」

「A先生是故意用那種織法織毛線吧，」小椋小姐謹慎地說。

「嗯，」我說。「仔細想想，夏季毛衣用起伏編編織感覺就很罕見，因為織物會比鬆緊針編來得厚，當然也要看毛線的種類與針腳的密度。」

「雖然不清楚，但我明白了。」

小椋小姐表情豁然開朗。

「剛剛真是很有幫助的情報。當然並非決定性的證據，但妥善使用的話應該會很有好的效果。我先失陪一下。」

小椋小姐打開電腦，敲打著鍵盤。

「我寄信給負責這件案子的人了。民眾的協助，一直是對我們的鼓勵。」

輕輕點頭說。看來是表達感謝的意思。連她看不見的春婆婆也笑咪咪地向我無聲地拍手。

我感覺輕飄飄的，那位小椋小姐雖說有點直，但仍對我道了謝。

「不客氣，這樣的話這次的比賽——」

「比賽？」

小椋小姐費力地挑起眉（或許是額頭上的肉很多吧），好似天真的表情看著我的臉。

「妳上午不是說了嗎？推理比賽獲勝的人可以先和南野先生吃飯——」

「啊。」小椋小姐語氣輕鬆。「妳當真囉？」

「咦？」

「那個是騙妳的。」

「什麼？」

「我當然沒有和南野先生約了要吃飯。不可能約吧，在職務調動這種忙得不可開交之際。」

聽她這麼一說的確是如此。

「也就是說善意的謊言吧，為了讓寺坂小姐認真推理。」

「怎麼這樣——」

「多虧妳的幫忙，很開心今天和妳的交流。讓我看到寺坂小姐的本領，或許是與那位軍師婆婆兩人的功力。」

「嗯，的確是這樣。」

「還有。」

小椋小姐身體湊向桌子，臉貼了過來。

「那位軍師婆婆，真的有這個人嗎？」

她說了跟南野先生同樣的話。明明這位春婆婆就一臉神氣地坐在旁邊。

「有。」我說。「請想一想上午的事。我一個人的時候，不是一臉什麼都不清楚的樣子嗎？」

「啊，的確是這樣呢。」

小椋小姐笑了——與其說是會心般的笑容，更像調侃的笑容。果然她的個性真的很差。

可是，很開心今天跟她有這樣的交流。我也是這麼想的。雖然再怎麼樣都不可能當朋友——對方也沒那個意思吧，不過要像南野先生所說的「發生什麼事時可以互相商量」應該是可行的。

「那麼，我該回署裡了，改天見。」

「好的，再見。」

小椋小姐站起來，儘管沒有揮手道別，心情卻很愉悅地目送她離開門口。

「看起來人不壞呢。」

坐在角落席位的春婆婆朝我說話。

「是啊，頭腦也很好，也很有理想——」

雖然她認為藝術性的東西都是逃避現實，有些地方不太認同，卻是個有趣的人，我逐漸有這樣的想法。

「那個人，就是小椋小姐嗎？」

耳邊傳來這個聲音，跟上午同樣的聲音，且幾乎同樣的呢喃。

對了，我忘了店長的存在。都過了幾小時，看來尚未振作起來，如果用非常失禮的話來形容，就是「你也太蠢了吧」。

戀愛的心情的確有時會愚弄人。我本身也沒資格說人家，畢竟現在我就是被小椋小姐擺了一道。

可是，當然不只這樣，正因如此，本身已經超越這樣的情感，屬於這家店象徵的——幽靈的春婆婆也肯定會替別人的戀情助一臂之力。感受著透過窗戶照射進來的春末陽光，一邊想著這樣的事。

不透明的酒杯謎團

1

「黃金週」在這世上稱之為連續假期，而且對我的生活也並非毫無關係。

然而對於在家工作的自由撰稿人而言，這句話並不會讓人感到興奮的解放感。而且，比起自己說出這一詞，更常聽到別人對我說。大約會在三月左右「下次的截稿日是在黃金週動作請快一點」，到了四月「潤稿在黃金週結束即可」這樣的前後關係，所以黃金週對常常是很大的壓力，有時會有一股不公平的感覺。

因此，五月初背著放入電腦的包包感覺比平時還沉重，一如往常走向大眾餐廳的途中，我有些驚訝地眨著眼。行道樹的綠葉睡眠不足地閉上眼睛，將這時期稱之為「黃金週」並非是因為有很多的節日，我重新覺得是因為美麗炫目的太陽光的關係。

打開目的地的門，感覺人比平常多——不過，幾乎一半都坐了客人的位置上，有個熟悉的身影。身分和我不同，是個上班族，但卻仍是個和大型連假無緣的人，她是女刑警小椋小姐。

仍舊是胖胖的體型，似乎反而強調出身型的休閒打扮，和亂七八糟的髮型。與整體的印象有些不相稱，具知性感的寬額頭，與眼鏡深處散發的銳利目光。

當然，最後的印象或許是因為知道她的職業和精明的腦袋才會這麼想。看久了之後，也覺得她和數年前的「大美人」印象有些重疊，而有各種不可思議的樣貌。

似乎結束了吃得很慢（而且量也很多）的早餐，桌上擺滿了空碗盤，來收拾的女服務生不知和她說了什麼。

「不好意思，」女服務生從小椋小姐手上接過便條紙，歪著頭回答。「這我不懂，或許店長知道。」

「嗯。」小椋小姐點頭。「能讓我和店長談談嗎？」

「店長今天是十點上班。也要看當時店裡的狀況，但應該沒問題吧。」

「好，那我等他。」

我這人很誠實，自認自己的好奇心並不小。

不僅好奇小椋小姐究竟問女服務生什麼事，還有一點——再十分鐘店長就會上班，我也非常在意他遇到小椋小姐時會有什麼的發展。

店長會說出三年前曾見過面的事嗎？如果說了小椋小姐會露什麼樣的表情呢？還是一臉不知所以的樣子。或者說，兩人面對面之後，店長那具個性的長相刺激了在小椋小姐的記憶，而想起「他是那個海格力斯事件中的山田先生」——

本以為臉上沒有露出我內心的好奇，但或許已經表現出來了吧。小椋小姐立刻向隔了一個位置的我搭話。

「寺坂小姐依舊活力充沛呢。看來妳挺開心的？」

如此這般打了個沒禮貌的招呼，

「我想請教這間店的人一些事。想確認和我自己調查的數字符不符合？」

「跟工作有關嗎？」

「我想是的，但也可能不是。現在的話只是覺得『有點奇怪』而已。」

挺有趣的嘛。剛想到這裡，響起店門開啟的聲音，我反射性地看過去。

開門的當然不是店長，從正門進來的肯定是客人。戴著夏季打獵帽與墨鏡上了年紀的男性——將帽子和黑鏡摘下一看，原來是佐伯勝大師，但跟之前的印象有點不同。

斜線條紋的綠色襯衫雖然一如往常瀟灑，但有些皺摺，大師的臉也有些憔悴，臉上的鬍子沒有刮。

環視整家店後，他臉上露出失望的表情走向我。

「我記得妳的名字是，真以小姐吧？」

筆直地朝我走過來，記憶卻很模糊的樣子。這也是無可厚非的——對大師而言，我的立場只不過是「幸田春婆婆聊天解悶的對象」。

「好久不見了，妳好嗎？」
「託您的福，一切都很好。倒是大師您變得有點瘦呢？」
「是沒有變瘦，」大師將帽子放在手邊椅子上，空下來的手摸摸自己的臉頰說。「有些睡眠不足倒是真的。」
「您想必很忙吧？是截稿日到了嗎？」
「不是因為工作，而是因為育兒而疲累。」
「育兒？」
「說是育兒，但並不是人類的孩子，是有個宅配包裹送了隻黑貓到我這裡。」
「宅配包裹送黑貓？不是黑貓宅急便嗎？」
「對，就是黑貓，但嚴格來說腳的部分是白的，也就是所謂的襪子貓。」大師眼角下垂。「其他還有肚子和脖子有些白毛。」
只是這些特徵，大師卻很慎重又很自豪地說。
「是還沒斷奶的奶貓，而且很調皮又很愛撒嬌。」
「那樣的奶貓是從誰那裡領養的呢？」
「不，是突然就送過來了。很傷腦筋，又不能放著不管。」
無奈地只好照顧奶貓，照顧著照顧著覺得好可愛就不想放手了，狀況就是這樣。
「究竟是誰突然把貓送來呢？」

「這個我也猜不透。」大師也不解地說。「裡頭裝著一封信，看來是跟我父親有關的人。」

「抱歉插個話。」小椋小姐從旁插話過來。「宅配包裹裡放入信是違法的吧？」

「啊，我記得妳是警方的人吧。」

大師說，正因為是畫家而擅長記人的長相。

「就算那是妳的工作，但在這裡討論郵政法也沒意義。總之，小貓的年齡是需要用哺乳瓶餵奶的，所以一直走不開。我家的家政婦雖然可以信賴，但凱魯比諾只有黏我而已。」

「那是貓的名字嗎？」

「是啊，名字是取自於歌劇《費加洛婚禮》。俊美如女人般的美少年，還有另一點──謎樣的贈貓主人想起我的原因，就是因為我上了電視節目。

在莫扎特相關的特集中，身為素人代表的我，對於《費加洛婚禮》，特別是凱魯比諾這個人發表了一些意見。」

「我看過那部歌劇。」小椋小姐說。「高中時在學校跟大家一起看的，我記得有講到不道德的內容。」

「所謂的藝術必定是與道德不相容的，小姑娘。」大師嚴肅地說。「總之，我得回去了，我只是想說要是春女士在的話進來跟她打個招呼而已。」

他用眼神和附近的女服務生確認，但她搖頭。

「她不在哦。」我告訴大師：「現在不在。」

「真令人遺憾，若如果妳遇到她請幫我傳達，即使一段時間沒見，即使有緊急的事件，我也沒忘記過她。」

「啊——」

「那麼我先告辭了，真得走了。」

他大步走到店門口，又折返回來拿起放在椅子上的帽子，向我點頭致意後，這次真的離開了。

記得以前也發生過這種事。忘記東西而折返似乎成了大師的習慣，我望著他的背影不解地歪著頭。突然送貓咪過來，跟「父親有關」的不知名的人送的？這又是一件不可思議的事，但大師那輕鬆的態度看來沒有要解謎的樣子。

「那位老爺爺是畫家佐伯大師吧？」小椋小姐說。「看來是誤會我的話了。」

「哎？什麼意思？」

我身體往小椋小姐方向前傾。視線另一端的春婆婆也歪著頭看向這邊。

春婆婆一如往常地不知何時已出現在角落席位上，雙手擺在大腿上端坐著。看來她從剛剛就在那裡——如同自來水從水龍頭流出來一般，比我們快一步來到我們的現實中，佇立在那裡。

她肯定是在觀察我們的狀況，聽我們說話的內容，算好時機再出現。畢竟佐伯大師看得到春婆婆，但小椋小姐卻看不到，而且兩人對春婆婆有的關心有的好奇。若這兩位一起出現，很明顯會產生各種不合理的狀況。

「剛剛說『不道德』的內容，」小椋小姐說。「有老婆的中年男性頻頻對年輕女性出手，或其他的中年男性有私生子，年輕男性男扮女裝——也就是那隻貓的名字凱魯比諾這名主角——我說的不是這些。

問題是登場人物，那也是男女主角們欠缺遵法精神。名為費加洛的男性老是借錢不還，契約上寫清楚罰則卻也逃避，且伯爵與情人蘇珊娜的約會——寫信引誘對方出來，卻半點都沒有遵守約定的意思。

這些事隨著故事發展下去都不想過問了，不是不履行債務就是詐欺，我無法置之不理的的就是這部分。不是生活混亂，而是對法律的態度輕慢。」

「啊，原來如此——」

我對歌劇並不了解，也沒看過《費加洛婚禮》，內容倒是聽說過。圍繞著外遇的伯爵和他的妻子，以及僕人間的諷刺喜劇。反映出當時的貴族和庶民間的緊張關係，但最後靠愛的力量把問題完全解決——我記得是這樣的故事。

看過古今中外那麼多人，沒幾個人會常常把「遵法精神」與「詐欺」之類的詞彙掛在嘴邊，我半是覺得佩服半是感到厭煩，她又接著對我說：

「如同那位大師所說的，我畢竟只是『警方的人』。」小椋小姐用與散亂的髮型和服裝不搭的嚴肅聲音說。「而且，提到詐欺，剛剛沒說完的『奇怪的事件』也——」

這時我背後傳來「打擾了」的聲音。

我回頭看，但我早就知道是誰了，是店長山田先生。現在他來上班，聽到女服務生的話，而來到小椋小姐的位置上。

2

一如往常穿著白上衣的店長臉上的表情與平時有些不一樣，一眼就看得出來他很緊張，不僅如此，感覺似乎下了什麼決定。

三年前和小椋小姐相遇，被她的美貌或精闢的推理所打動，而有了些許愛慕之情。之後從我口中聽到她的名字，而想起她的事——剛好和其他的女性分手——那樣的情感變成了「愛情」，因而渴望能再度相遇。

然而實際再度相會時，小椋小姐的身姿早已和店長記憶中的大相逕庭。立體的五官（有一半）或以上被埋在肉裡，原本瀟灑的裝扮也變得隨便。

店長想必很震驚而且也很困惑。應該要認同這人就是自己所認識的小椋小姐嗎？等待與過去的「美女刑警」再度相遇而在心中所留下來的特別位置，依舊該為她保留嗎？

煩惱到最後終於做出結論了吧？我從店長的表情讀出的答案是（我以為的）就到此為止。他究竟下了什麼決心呢？又或著只是我亂想，根本沒有什麼決心吧？

「我是本店店長敝姓山田。若有任何問題別客氣請提出來。」

店長說著制式安全的臺詞，小椋小姐則直盯著店長瞧。

她的臉上並沒有浮現出特別的表情——雖然的確是這樣，些許的視線游移，也看不出記憶裡有掀起什麼輕微的波濤。

大概關於店長的記憶，是在「有一點」和「幾乎沒有」中間吧。小椋小姐工作上見到的相關人士的數量，以及店長當時和這件事的重要性來看，大概這樣最妥當吧。

不至於會清楚想起來「或許曾經和這個人見過面」。店長若只是事務性的交談，微微掀起的波浪也會消失吧。

這樣的話，也就是全憑店長怎麼做了。是要聊到自己個人的事，還是以「餐廳店長」的身分回答「來店裡的刑警」的詢問而已呢。店長自己也很清楚該怎麼做吧，

「您是小椋小姐吧。」店長說，不對，山田先生這麼說。「以前您曾任職於涉谷那邊的警察署。」

「嗯，是的——」

「當時曾見過您。是在柿澤家發生青銅製海格力斯雕像事件的時候。」

小椋小姐那眼鏡深處的雙眼睜大兩秒想了想後，慎重地瞇起眼。

「啊。」她緩緩開口。「山田先生。你是當時的被害者山田先生吧？」

「就是我。」

「我記得是被擀麵棍揍昏頭。」

「您說得沒錯。」

話題接上線了。店長踏出了第一步，形容得誇張一點就是決定追求小椋小姐。或是，或是決定不再對小椋小姐現在的模樣感到幻滅呢？

說到底，店長之所以受小椋小姐吸引肯定是因為她的美貌。而那美貌已不復存在，但仍決定要愛小椋小姐的人品——這說法聽起來很好聽，但只要瘦下來就會恢復往日容貌，或許是他盤算之下才決定追求的。

現在的小椋小姐的確是故意讓自己變胖的，如果放棄那罕見的計劃，重回「身材曼妙的美女」或許也不難。如果身材曼妙對她而言才是自然的話，希望她能恢復成以前的模樣，正是「愛小椋小姐本身」，這樣的說法也成立。況且，受女性的美貌所吸引是不單純的，受人品吸引是單純的，這樣的想法本身也很奇怪——

一邊想著這些麻煩事回頭看向角落席位時，春婆婆露出不知是感動還是擔心的表情。她很希望能支持從小看到大的店長的愛情，但在另一方面，也很清楚小椋小姐並非尋常的對象。

而說到小椋小姐本人（即便看不見春婆婆的身影），似乎連我的感概和店長的內心糾葛都沒發現，

「那次之後，」她對店長說：「你的頭沒事吧？也就是有沒有留下什麼後遺症呢？」

「託您的福沒有任何問題。若有問題的話，不是那時造成的，而是原本就是如此。」

店長難得說笑，或是認真這麼想的呢？他認真的臉上猜不透真正的想法。

「是嗎？那太好了。」小椋小姐不在乎地點頭。「方便的話請坐下來，看一下這個好嗎？」

她將寫滿數字的明細交給店長。

「這是餐廳或酒吧等店裡買的玻璃杯類製品，這是當時進貨的明細，就我所調查的就像這樣的感覺——」

「是嗎？」店長大致看了一下。「若是名牌的酒杯，的確就是這麼貴吧。」

「用一半的價格到手，會有這樣的好事嗎？」

「不可能會有這種好事的。只要批發商沒倒的話。而且，雖說是這樣的世道，也不會剛剛好就倒閉。」

「嗯，原來如此。果然是這樣呢。」

小椋小姐點點頭，話聲停下來，眼神若有所思，

「究竟是怎麼回事呢？」我問道。這問題不僅是因為自己的好奇心，也是替顧慮很

多的店長，或想問卻不無法開口的春婆婆問的。

「方便的話，可以告訴我嗎？」

「當然沒問題。一開始也說了，這次並不算是什麼事件。」

於是，愛上她的餐廳店長，以及疼愛店長的幽靈老婆婆，好奇心第一的寫手我，聆聽這位因隱情而變胖的優秀刑警所遇到「有點奇怪的事情」。

3

「離我住的城市坐電車兩站的地方，有個小酒吧。」

小椋小姐說出與私鐵的轉乘站，有點規模的城市名，

「那家車站商店街的後方，一樓是二手書店的綜合大樓的地下商店。雖不算經常去，有時下班回家時會在中途下車，獨自去那裡坐坐已成了我的習慣。」

小椋小姐說，真是太帥了——我反射性地想。一天工作結束後的女刑警，獨自上酒吧小酌。

「工作中繃緊的神經靠一杯酒放鬆的感覺嗎？」

我問，於是小椋小姐回道：

「應該說白天忙到沒時間吃飯時，用來補充熱量是最快的。畢竟酒的效率很好吧。」

這裡說的「效率」肯定是「容易增胖」的意思，愈來愈覺得她是個怪人了，

「工作人員就只有老闆一個人，櫃檯和幾張桌子，若全被客人坐滿一個人恐怕人手不夠吧，但我去的時候從未客滿過，我不在時應該也是這樣。」

小椋小姐接著說。「老闆是個留著鬍子年約五十的男性，年輕時在都心的酒吧當酒保，之後就獨立門戶，在目前這個地方開了自己的店。

如剛剛我對寺坂小姐說過的，我對於人的態度會在意對方的遵法精神——只要遵守法律或社會的規範，就不至於有生活混亂的問題。

應該說，這位店長的私生活方面並不值得稱讚。不遵守時間常常晚開店，或忘記買雞尾酒用的水果。與離婚的前妻和孩子將近二十年音訊全無——雖然是個懶散的人，卻把店經營得很不錯，也準時交納稅金，也遵守相關法規。

若是這樣，在我的定義下就是老實人。在都心的酒保時代時，連像犯罪者的客人也用心款待。」

「是這樣嗎？」

我一邊附和，好奇她為何對於老闆這個人的描述長了一些。

從剛剛的話聽起來，小椋小姐自個兒對「老實人」的定義，或許不只是解釋給我聽而已。這樣的話——也透露出小椋小姐對這男性多少抱持著好感。

而且這麼想的人不只是我，看店長的臉就曉得了。他眉心微微皺起，下方凹陷的

眼睛閃著灰暗的光。

「恕我直言，」店長用比平時更低的聲音說。「根據我的定義，那樣的男性稱不上是『老實人』。是不是跟小椋小姐的定義不太相同呢？」

我不禁看向春婆婆，春婆婆也看著我，嘴巴動著『他』、『吃』、『醋』、『了』的嘴形。

不用春婆婆說我也知道。店長嫉妒那男人。某種意義上對方的職業跟自己很像，而且比自己（年齡差距、離婚經歷等等）更適合她。

可是小椋小姐對店長的話，只是露出不解的表情。

「哎呀，為什麼呢？」

看來她並沒有發現。倒也是啦，畢竟她是看了浪漫的歌劇卻說出「遵法精神怎樣怎樣」的人。

若是一般的女性，對於別人對自己的好感是很敏感的。對方的視線若有這意思是會感覺得到的，甚至對方沒這個意思，也會以為有。可是，畢竟小椋小姐稱不上是普通的女人。

「有句話叫物以類聚，」店長說。「和近似犯罪者的那些人來往的話，那個人也會近墨者黑吧？」

「老闆本人並非犯罪者，也不是那樣的人。」小椋小姐不在乎地說。「若他是這種人的話，我應該會察覺到。」

「意思是妳是警界人士很清楚吧。」我說。

「對，當然是因為這原因。」

如同外行人看門道，如同我在咖啡店知道坐在附近的人是「某家出版社編輯」一樣，警察官對犯罪者就是很敏感。

「總而言之，關於那個老闆的店。」

無視於似乎有些不滿的店長，小椋小姐把話題拉回來。

「不久前，那家店的玻璃酒杯換新了。」

「什麼？」

我的回應中想必隱含著「那又怎樣呢」的感覺吧？

「若只是這樣的話的確沒什麼。」小椋小姐接著說。「可是，沒多久後又將大玻璃杯完全換新了。

其實這樣的小店和整家店的氛圍比起來，玻璃製品的確有些廉價。美術系出身的老闆對裝潢很講究，所以把錢都花在上頭，不得已才變成這樣。

這家店的裝潢品味很好，也曾刊登在雜誌上，常客中也有人開玩笑說，只要將玻璃杯以及老闆換掉的話，會有更多客人過來吧。

先不提這件事，由於玻璃杯之前一直都是用那種的，不換也無所謂。為什麼突然要換新的呢？看起來生意也沒有特別好——雖然有一點在意，有一名常客似乎也想著同樣的事情便向老闆詢問。

『一個個換新的沒問題嗎？看起來並沒有賺那麼多。』

『不，這個嘛……』老闆回，『是最近常來的客人替我從中斡旋的，雖然是個年輕男人，但他有門路可以便宜買到。』

『有多便宜呢？』

『比如說——』於是老闆說出玻璃酒杯的價格。

『那樣感覺真的很便宜呢。』

『應該說，很少有那樣便宜的價錢哦。』老闆說出品牌名。『因為是那樣的價格，一不小心就一直買了。』。

客人只是『嗯』地點頭附和，似乎沒有再多大的關心，兩人的話題便轉到其他地方。

然而，人在櫃檯這邊的我聽到這件事覺得很在意而把老闆的話記下來，之後再自己查價錢。剛剛給山田先生看的就是那個。

而且購買的價值幾乎是市售價的一半——從老闆的語氣來看，隨手杯的價格也一樣便宜。如同山田先生所說，只要不是大盤商倒閉，價格不可能會這麼便宜，稍微調查一下就知道不可能有這種事。

寺坂小姐或山田先生，兩位知道那時我在想什麼嗎？」

小椋小姐以為聽話的只有兩個人，輪流看著我們兩人。

「世上可沒那麼多便宜的好事。若是電子產品或時尚相關的話，將前一季的商品廉價拋售或許也是常有的事，但像這種玻璃製品類，而且還是高級名牌的基本款商品——」

「的確很奇怪呢。那又怎麼樣呢？」

「當然，任何便宜的好事都不能不懷疑是詐欺。」

「詐欺？」

小椋小姐似乎挺喜歡那種字眼，但我是不太懂。

「可是，老闆真的拿到商品了啊。並沒有只拿走錢啊。」

「問題就在這裡。寺坂小姐聽過『買空賣空』嗎？」

「沒聽過——」

「妳似乎是不太寫社會類的新聞吧。」小椋小姐有些瞧不起人地說。「其實並不複雜。是最近增加的詐欺手法，我就用網路購物的例子來解釋吧。

譬如某個人在網路上『開店』，將受歡迎的電腦機種便宜販賣，但卻沒有庫存——假設收到貨的時間雖長，卻很便宜，就會有幾個人願意先附款。就算是市價的半價，只要有收到兩個人的錢，就可以買進一臺電腦，交貨給第一個下訂單的人，那個客人一高興，就給這家店好評。

如此一來，原本半信半疑的人也會上勾，這樣就又可以交出幾個貨，看到這狀況的新客人也會加入。商店的評價節節升高，再加上手邊的錢愈來愈多，生意便水漲船高。

這狀況持續一陣子，終於累積了好評，成為有良心的店家、值得辛苦等待的優良店家時，妳覺得店家老闆會做出什麼事呢？」

「分出勝負了吧？」我說。「之前一直在賣高單價的電腦，從很多客人那裡拿到錢，就這樣捲款潛逃了嗎？」

「沒錯。」小椋小姐點頭說，但覺得她臉上的表情是「這個人幹得好」，應該是我的偏見吧。

「就像以前的投資詐欺一樣，先從第一個客人獲得顧客名單，這些人的口耳相傳成了重要的工作。

新的客人先收到錢——其實成為資金源頭的客人們也從經驗談中覺得沒問題，需要時間才會懷疑。這個詐欺行為就是利用人類的這種心理。」

「原來如此，受益良多。」我說。「那這次也是一樣嗎？」

「老實說，我還沒聽說過跟食器有關的詐欺案例。若不這麼想的話，事情就無法解釋了。」

「可是，如果真是如此，警方要採取的對策是——」

「當然。」小椋小姐圓圓的臉龐露出凄厲的微笑。「先由著他們再一邊收集情報，等那些人打算逃之夭夭時再一網打盡。」

拿起杯子，喝了口咖啡，

「因此，我向同事或以前認識的人詢問有沒有類似的事情，再自己一一前去有問題的酒吧，和老闆與客人聊聊，並且觀察店裡的狀況。

沒發現什麼有問題的人物或進展，不久後，這次將小酒杯換成新的，於是我請教老闆。

『老闆，這個是新的吧？』

『嗯，是新的。』

『又小又可愛呢。我也想要這種的杯子，大約多少錢呢？在哪裡買得到呢？』」

她說這話時的語氣跟平日不同很可愛，一定是故意裝天真演出來的，但店長肯定在胡思亂想，眉間的皺紋愈來愈深。

而小椋小姐並沒發現店長的懊惱，「我這麼問，老闆表情有些傷惱筋地回答，」接著說道。「『我想去大間一點的店應該有在賣，雖然價錢肯定跟進貨的價格不同。』

『老闆是跟大盤商進貨的嗎？』

『也不算大盤，是透過客人進貨的。老實說比原價便宜很多，但很不巧，不能介紹給您。』

『也是啦，得要店家訂到一定數量才行吧。』

『應該說，能用這種價錢買到的只有本店。對方千叮萬囑千萬要我別跟同業說。』

老闆這樣說，我倒是很感意外。

說得也是，得確不合邏輯。

「真的很奇怪呢。」我說。「如果是剛剛所說的詐欺，口耳相傳來增加客人應該才是對方的目的才對。」

「雖然覺得很奇怪，但也不想追根究柢被人說『很像警察的人』，所以只確認了一件事。

『從那種業者進貨時，事先付了貨款嗎？』

『沒有。』老闆回答。『都是貨到付款』。」

「這樣的話，到頭來不是詐欺吧？」我反射性地說。「不，還是很奇怪呢？既是酒吧的客人又同時是業務人員，將自家的玻璃製品銷售給老闆。若只是這樣的話問題就不大了——」

「是啊，如果只是這樣的話。」

「問題果然是價格，如果只有第一次是半價，我也不會大驚小怪了。為了獲得交易機會一開始先損失一些也是常有的。可是——」

「每次的交易都不賺錢，以常識來說不可能的。」小椋小姐把話接下去說。「那位業務員是人太好而錯亂了吧，不然，就是有什麼內情。」

的確是這樣，即使不是小椋小姐，也會覺得事有蹊蹺。

話雖如此，老闆目前的確是用便宜的價格買到東西。而且還是貨到才付款，對方就算行蹤不明也不痛不癢。而且也不是被收編進買空賣空的結構中，擔任散播者。

這樣的話，究竟是怎麼回事？

4

「非常抱歉，無需要想得如此複雜。」

猶如春婆婆一貫的語氣，但這次說話的人是店長。而且還不是春婆婆那平靜的語氣，感覺帶有私人感情。

「不需要小椋小姐耗費力氣去煩惱，其實是更單純的原因。」

「哎呀。」小椋小姐挑著眉，似乎覺得挺有趣的口氣說。「那個單純的原因是什麼呢？」

「這次的關鍵字是玻璃酒杯、隨手杯、小酒杯。」店長細數。「既然賣出如此便宜的價格，出處是不是有些可疑？明明是透明的玻璃製品，整件事卻非常不透明。」

表情和語氣都很硬，卻說出挺有道理的話。

「也就是說？」小椋小姐催促下去。

「並不是從正規的地方。」店長說。「會不會並不是業者的倉庫，而是從貨車貨櫃那種地方呢？」

「意思是偷來的嗎？」小椋小姐確認說。「老闆從竊賊那裡買的贓貨嗎？」

「是的。或許老闆不知道實情，又或者老闆知道卻不理會。我個人來說覺得是後者——」

店長的語氣雖透露出對老闆的反感，小椋小姐似乎不介意。

「恕我直言，那樣並不合理。」她豎起食指反駁說。「若照山田先生所說，老闆故意買贓貨——在知情的狀況下買的話，就不會提到是從個人賣家或用便宜的價格購買這些事了吧？更何況還親切地告訴我是『極為便宜的價格』。請站在老闆的角度想想。如果內有隱情，為何故意說出令人起疑的話呢？只要隨口說說是大盤商打折賣的就好了。」

「嗯，這個嘛——」

「還有另一個原因，關於老闆在不知情的狀況下買了贓貨的可能性。」

小椋小姐接著說。

「這次請站在小偷的角度想想。如果是賣贓貨，不是去熟悉的買家那裡銷贓，不然就是分散好幾個地方賣出。這兩種管道風險較小。只交易一次對方也不會想太多，藉口也比較好說。

只要不是手腳不乾淨的中學生都懂這個道理。問題中的客人雖是年輕男子，但只要是酒吧的客人，就不會是中學生。」

「嗯，的確是這樣——」

「因此，我想那個不可能是贓貨的。你認同嗎？若想反駁的話我也願聽。」

「不，沒有想反駁的。」

店長無言以對，總之腦海中的「小偷的技倆」被反駁了。

我實在好想聽聽春婆婆的意見——但因為是在小椋小姐面前，我不可能主動和春婆婆說話。

但我仍偷偷看向春婆婆，她小聲說：

「就算再怎麼有理，說話也不用那麼直吧。」

小椋小姐說的雖然有道理，這樣大肆主張自己的想法也不好吧？身為言行小心的名偵探春婆婆，應該會這麼想。

「寺坂小姐覺得呢？」小椋小姐轉過來問我。「用妳平時的直覺，妳有想到什麼嗎？」

就算指的不是現在的話題，感覺仍有點被瞧不起，

「如果不是老闆從小偷那裡買來的贓貨──而且不是小偷的業者，一直用半價銷售很奇怪的這點來看的話──」

「請繼續說下去。」

「這樣的話，」我說。「會不會老闆其實是從一般的業者買來的呢？用一般的價錢。」

「然後說了這個謊嗎？意思是這樣嗎？」

「嗯，就是這樣。」

「那麼，老闆為何要說這樣的慌呢？」

沒想到這層面就脫口而出的我，現在，努力絞盡腦汁，

「特地換新的玻璃杯，應該有什麼理由才對。會不會是不想讓人知道那個理由，所以才編了『因為很便宜』的藉口。」

「原來如此。」小椋小姐點了點頭說。「那麼『有什麼理由』是什麼理由呢？」

下一秒毫不留情丟來問題。

「是因為，看到那個玻璃杯很痛苦吧？」我有點苦澀地說。「因為會想起誰之類的原因吧？」

「像是分手的戀人嗎？」小椋小姐聳肩說。「寺坂小姐依舊很多愁善感呢。這在妳的工作上或許是必要的資質。」

和多愁善感完全極端，自稱「警界人士」的小椋小姐說著。

「很抱歉，這說法感受不到現實感。」並且直言不諱地說下去。「如果是個人住家倒還好，在店裡使用的玻璃杯是跟哪個人的回憶，很少有這種事吧。」

「也是啦……」

沒等小椋小姐話說完，連自己聽起來也感受不到說服力。不過——

「可是，感覺這條線索很可行。」

剛剛言論被否決的店長，卻沒受到教訓又說出這種話。

「尤其是一開始的時候，老闆說了謊，玻璃杯是用一般價位買的——這部分或許說得通。」

「那麼，請繼續說下去。」小椋小姐說。「老闆為了什麼要說謊呢？」

「其實。」店長挺出身來。「老闆這個人，以前工作的店裡常常會有可疑的客人，和接近犯罪者的那些人也有交流吧。

這些舊識中的其中一人，來到那家店，將重要的東西藏在店裡。當然，並不是放入玻璃的飲料中而是鐘擺時鐘之類不顯眼的地方。

畢竟是臨時藏匿的地方，以為很快就會來取走，沒想到無法過來。

原以為避開老闆雙眼藏在店裡，其實老闆都看到了，之後他將東西拿走私自占有。也就是說——」

「你的意思是說，盜賊把偷來的寶石藏在這裡嗎？」小椋小姐說。「而『無法前來取走』是因為被逮捕坐牢的緣故嗎？」

「就是這樣。」店長挺起胸膛說道。「那個小偷即將出獄，老闆是不是在準備迎接來店裡的對方呢？在那之前，把問題時鐘處理掉，打算一臉無所謂地說：『我把那個處理掉了，怎麼了嗎？』」

這種狀況下，如果只把時鐘換成新的會很奇怪，所以將其他的東西也一起換新，看起來像是改變整體裝潢的一環——」

「頗耐人尋味的一段話。」小椋小姐說。「應該是說不無可能。」

的確是這樣，不是小說家的店長臨時擠出來的內容或許挺不賴的。我也如此認為。而且也沒有把「老闆是壞人」這個條件拿掉。

「話雖如此。」

小椋小姐如預料般先來個開場白。

「若照這樣子來說，比起玻璃杯，不是更應該直接換掉關鍵的時鐘嗎？根據我的記憶並沒有那件事——不只時鐘，像照明器具或掛在牆上的扁額，這些東西這一陣都沒換。」

小椋小姐既然這麼說，想必就是那樣吧。先不提像我這樣半瓶水的人了，畢竟是優秀刑警說的話。

「當然還有另一個思考。」小椋小姐接著說。「將時鐘換新——假設是時鐘好了

——為了不讓人發現，先換掉其他的東西。

即使是那樣的狀況，從玻璃杯先換不會太遠了嗎？譬如說，將掛鐘換新若真的是其他的目的，將掛在同張牆壁上的畫換新，或貼壁紙改變印象等，不是都該比玻璃杯先換嗎？」

「的確是這樣——」

「而且，玻璃杯或盤子之類的東西是不是『藏重要東西的地方』，並不需要特別討論這個。」

「嗯，仔細想想——」

「這樣的話。」她繼續說下去。「老闆也不必特地說謊『透過客人拿到格外便宜的價錢』了。」

和剛剛的「贓貨銷贓的說法」，因為老闆也有不好的私心，應該要小心說出更安全的說法，令人聽聽就算的藉口才對。因此我才覺得這次山田先生的說法缺乏說服力。

店長夾著尾巴逃走。話雖如此，放著不管他，他又會拿出另一套說法（老闆仍是壞人），再度被小椋小姐反駁才對。

「可是，若這樣的話，究竟是怎麼回事呢？」

我問，一邊斜眼看向春婆婆。默默端坐在角落位置上的婆婆仍然面無表情，看不出有什麼想法。

問問看她的意見吧。正想一如往常地假裝打電話——想到此時，我腦海中閃過一個想法。

「這想法怎麼樣呢？即使聽起來不可能，但如果沒有其他可能性的話，原因果然就是這樣吧。」

我向小椋小姐說出這番春婆婆似乎也會說的話。

「這也說得過去啦，但具體來說是怎麼回事呢？」

「老闆沒有說謊，他真的用半價買了玻璃杯。而且也沒有被詐騙，真的有好心的業務員。只不過老實說並不是業務員——」

「那麼他的身分是什麼？」小椋小姐問。「我猜想這個人一定在打什麼算盤。」

「與其說是算盤，倒算是為了老闆著想吧？」

妳究竟在說什麼？我對露出這種表情的小椋小姐說：

「相較於那家店精緻的裝潢，原本的玻璃杯顯得較為廉價。您這樣說的吧？如果這部分處理一下，或許客人會比現在多。」

因為那個人——希望老闆的生意順利，才從中斡旋販賣玻璃杯。用一般的價格進貨，再用半價賣給老闆。自己則吸收那些損失。」

「究竟是誰會這麼做呢？」小椋小姐不耐煩地說。「竟然為了別人虧損的生意而自掏腰包？」

「如果不是別人，而是兒子呢？」

「哎？」

「就是老闆的兒子。」我說。「被離婚的前妻扶養，一直沒見面的兒子，調查了老闆的事並接近他吧。

畢竟近二十年沒見面，突然見面也認不出來。會不會老闆自己沒有察覺到，那其實是自己的兒子？」

「不，不是這樣的。」

小椋小姐立刻回應。「其實——」我以為要被反駁而覺得洩氣。

「我之後再解釋為何不可能是這樣的。」小椋小姐說。「這件事先放一邊，寺坂小姐的想法依然很浪漫呢，這樣的個性寫文章的話，該怎麼說呢，會不會有點通俗？」

不用妳多管閒事啦，話雖如此，

「的確不可能有這種事。」我也這麼覺得。「會不會其實是孩子他自己明知道這件事，卻隱瞞不說，而常常來店裡呢？」

「其實，不中用的是我才對。」小椋小姐難得會示弱。「我從剛剛就一直潑各位冷水，那是因為我想不到好的辦法。」

我的視線一角有什麼在動。是老婆婆。春婆婆在角落席位上，揮揮和服的袖子吸引我的注意。

果然輪到行動電話上場了。我手伸進包包裡，但小椋小姐的動作更快，同樣一手拿出震動的智慧手機。

「抱歉，」她瞄了一下螢幕。「有工作的聯絡。」可能不能讓人知道吧，小椋小姐站起來走到店外。這段期間連忙跟春婆婆套好招。

「春婆婆您知道真相吧？我假裝打電話商量，春婆婆把真相告訴我，我再告訴小椋小姐這樣可以吧？」

然而婆婆似乎有些意外，並沒有同意我說的話，

「就這次，換別的方式怎麼樣？」

「別的方式？」

「也就是，跟山田先──」

啊，我恍然大悟。

「是借花獻佛嗎？假裝是自己想出來的，將春婆婆的想法告訴小椋小姐。這樣就能替他加分。」

「不，我要說的並不是我想法很厲害什麼的。」老婆婆輕輕揮著一隻手。「即沒有證據證明我說的一定是對的，話雖如此，山田先生剛剛所說的，或許也有一點行得通，──」

這麼說也是，大概也不只一點。

「但要怎麼做呢？店長也不能用手機。必須看起來不是請教別人，而是自己想出來的。

況且，不使用手機，一邊聽春婆婆的話，一邊同時說明非常困難吧。對不習慣這做法的店長來說可能很難。」

「說得也是。有沒有其他的——」

「又不能用電子郵件。」春婆婆當然無法用電腦打字，就算會結果也跟講電話的情況相同。

「能趁現在快速解釋給他聽嗎？然後讓店長背起來——」

「就算這麼說，」春婆婆露出傷腦筋的模樣。「我說話本來就不快，說話方式也無法和那位女刑警一樣。該說是說話方式呢？還是說得太直接呢……？」

也不曉得談話期間小椋小姐何時會說完電話回來。

「這部分能不能加加油？」我拜託老婆婆。

「不用了，怎可讓春婆婆有這樣的負擔呢。」

感覺到店長有些不捨，口氣卻很堅定地說。

「況且，這樣很狡滑。既然我想獲得小椋小姐的認同，自己就該有所作為。若辦不到的話，就只能放棄了。」

的確是這樣——正這麼想時看見小椋小姐回來，結果是我拿出手機。

「我現在打電話請教那位春婆婆。」

「嗯，就是那位名偵探老婆婆吧。」

我向小椋小姐點點頭，便將手機貼在耳朵上。

「那麼，春婆婆是怎麼想的呢？」

一陣吵雜之後，終於聽到春婆婆的推理。

5

「我想表達的是，不用想得那麼難。若是像女刑警那樣頭腦好的，理應馬上想得到才對。」

跟方才店長說的話類似。但春婆婆這話只有店長和我聽得到，傳不進小椋小姐的耳朵裡。

傳聞中評價很高的老婆婆偵探的推理，現在正從手機傳進我的耳朵中裡——小椋小姐應該看得到這景象。她似乎對談話內容很好奇，一直盯著我的表情。

「況且女刑警會覺得這次的事情很奇怪，最主要就是玻璃杯的價格是市價的一半吧。」

春婆婆如同往常，用小聲卻有很力的聲音，但又不快的速度接著說：

「會想將商品半價出售的人的確不多。」

「嗯，這是當然的。」我附和著。

「那麼如果情形是相反呢？」老婆婆表情嚴肅地說。「如果不是出售，而是半價購買呢？」

「這樣的話，很多人會很開心——」

春婆婆點頭同意我的話，

「這次的情形會不會是這樣呢？那位客人半價買了玻璃杯。這樣就沒什麼奇怪了吧？」

「咦？這是什麼意思？」

我發出疑問的聲音，而小椋小姐也訝異地盯著我，我約略地將春婆婆的話解釋說。

「這是什麼意思？」小椋小姐也一臉莫名奇妙的表情。「是買玻璃杯？不是賣玻璃杯嗎？」

「這件事就是奇怪到令人驚訝的地步。」老婆婆輕輕歪著頭。「也就是說那位客人本身有工廠，而且只要沒有製作產品時，那位客人也會購買東西。」

「就是進貨的意思吧？」我說。「那人的確也會購買東西，而且還是半價的話就會很滿意——」

聽到我這番話的小椋小姐一臉狐疑的表情，春婆婆則一直盯著她的臉，「那麼，另一件事，」同時將草履鞋前端對齊重新坐好。

「我不中用，完全沒去過酒吧等之類的地方，那家店似乎是很棒的一家店。剛剛是怎麼形容的，老闆是個對室內設計很有品味的人——」

「室內設計啊，」我說。「就是店內裝潢。」

「對對，那家店的室內設計很不錯，也有人開玩笑說搞不好會成為更受歡迎的店。」

「小椋小姐這麼說，這是常客間的玩笑話吧。說只要把有點廉價的玻璃杯和有點懶散的老闆換掉的話，是吧？」

「是的。但對某個人來說，或許並不是開玩笑。是不是認真思考過這件事？」

「哎？這是什麼意思？」

「換老闆，也就是將這家店變成自己的，評價好的裝潢則沿用下去——」

「意思是收購整家店嗎？」

「是的。」

「這麼一來，勢必會換老闆了。而且玻璃杯——」

「想當然耳，換了老闆之後，也會換玻璃杯吧。可是那位心很細，可能考慮到這部分是不是該節省一點。

一定是打算哪天變成自己的店後就把玻璃杯全部換新，既然要這麼做，乾脆趁現在，就能用現在的老闆的錢——他打的是這樣的算盤。

挑選自己喜歡的玻璃杯，讓老闆以為『用原價的一半就能買到高級的玻璃杯』，願意出這一份錢。

當然剩下的那一半是那位出的，所以最後若整間店變成自己的店，那位等於是『用原價的一半買玻璃杯』。

就是這麼回事吧。並不是用半價賣給老闆，而是用半價從大盤買來的。剩下的金額由老闆負擔——」

我停下來看著小椋小姐的臉。本想再約略解釋老婆婆的話，但我知道不用這麼做了。小椋小姐觀察力很強，聽到我說的話，便能完全理解老婆婆想說什麼。

除了佩服之外，也覺得有些不可思議。只聽到老婆婆的說詞（片斷）小椋小姐完全沒想到那個可能性，這樣有點不像她。

以我來看小椋小姐雖然也有性格上的問題，但老婆婆畢竟不是個太差的名偵探。我希望她聽到春婆婆的推理時，能露出「說到一半我就懂了」的表情。而不是「雖然沒有想到，但聽妳這麼一說的確是這樣」的表情。

「剛剛我所說的沒有任何證據，只是猜測而已。」

果然老婆婆是看著小椋小姐一邊說的。

「如果我猜中的話，這個狀況中是有某個人——能動用大筆資金但卻又吝嗇的人，打算把這店家占為己有。

從先買了玻璃杯的這點來看，那人應該已經決定這麼做了，看得出在老闆不知情的狀況下事情正在進行中，但仍有轉寰的餘地，現在開始小心一點的話，或許能打消對方的如意盤算。

如果我是這家店的客人，希望這家店就照著原本的樣子——連散漫的老闆也照樣存在，這樣的心意或許會傳到老闆那裡。為避免他人趁人之危，請務必要回擊。」

「我明白了，謝謝。」

我說完並假裝掛斷電話，告訴小椋小姐老婆婆最後的那番話。

「我懂了。」

小椋小姐說，沉默大了半晌後說道：

「的確是如此，這件事得向老闆說才行。請替我向春婆婆道謝。」

她難得如此坦率，她所看不見的春婆婆雙手整齊地擺在大腿上，低頭回應道：「不客氣」。

而令人訝異的是，小椋小姐的道謝尚未結束，

「寺坂小姐，還有山田先生，謝謝兩位花時間解釋這件事。」

她也向我和店長道謝完畢之後，便收拾包包起身

「對了，原本想跟寺坂小姐說的，卻忘得一乾二淨——」

「什麼事呢？」

「本月下旬，大約三個星期之後，南野先生會來我們署裡。」

「南野先生要回來了嗎？」

「嗯，剛好我們這裡也需要他，預計他會待個一週時間。這段期間也可抽空常常偷跑出去跟妳約會吧。我想他會找機會跟妳說，抱歉我多管閒事了。」

「沒這回事。」

想聽南野先生親口對我說，我才不會說出這麼幼稚的話，隔了好久終於能見面應該也很開心。

「謝謝妳告訴我這件事。」

「不客氣。」

小椋小姐客氣地回應，在櫃檯結完帳後便離開餐廳。跟平常不一樣特別親切，可能很捨不得吧，店長也露出無法釋懷的表情。

目送她的背影一陣子之後，

「對了，」我突然想到。「小椋小姐沒說到那件事呢。」

「什麼那件事？」

「就是我說『謎般的客人是老闆兒子』的時候。她直截了當說『不可能』，明明說了之後要解釋結果卻沒說。」

「啊，如果是那件事的話——」

春婆婆說，看來她內心有想法了。

「跟剛剛一樣，只是我的猜測罷了。」

「請您說看看。」

「那位女刑警對真以小姐和山田小姐想到的想法都一一否認，『那樣很奇怪』、『那樣不合理』。」

老婆婆一如往常冷靜的態度，輪流看著聽話的兩人，

「她否定得很果決，且如同往常會說原因。然而對於最後真以小姐所說的，她只說了『不可能』，而那時她就顯得比平常沒精神。」

刑警小姐這樣的反應、常常下班回家途中遶去老闆的店，以及剛剛話題中關於就老闆的人說得稍長一些，那時只說到『與離婚的前妻和孩子』，但沒說是『兒子』，從這些來看的話——」

「也就是女兒嗎！」我大吃一驚。「小椋小姐竟然就是老闆的親生女兒！」

我還自以為那個玻璃杯事件是「親子之愛」時，怪不得她會一如往常地用捉狹的語氣說「那想法很通俗」。

「說不定這件事只不過是思想老舊的老婆子想到的原因而已。」

如她自己所說，沒有任何能稱得上證據的東西。然而，這麼一想，很多事就迎刃

而解了。

春婆婆剛剛說的事，以及其他的反應，像是個性雖差頭腦卻很聰明的小椋小姐，不像平常那樣犀利——

「原來如此，或許是這樣吧。不，一定就是這樣。」

聽到春婆婆的話，店長山田先生忽然變得很有精神，

「一把年紀還無法遵守酒吧的開店時間的男人，那位小椋小姐卻很挺他就覺得奇怪，如果是要守護不中用的父親，就能接受了。」

「等等，也還沒有真的確定這件事。」

春婆婆溫柔地給興奮的店長一顆軟釘子。

「而且即使小椋小姐對老闆並不是視為普通男性來看待，」我再加一顆釘子。「也不一定就會喜歡店長哦。」

「這種事我當然知道啊——」

店長站起來。

「那麼，我得回去工作了。」

上班時間卻都沒在工作還說這種話，意氣風發地往廚房走去。一邊目送他的背影，我不禁懷疑他真的懂嗎？

宅急便與貓的謎團

1

「三個星期說起來還真長呢。」

「妳指的是什麼呢？」

五月也已過了一半，天氣晴朗，風卻很強的日子。平時不怎麼多人的餐廳，最空閒的時間是上午十點過後。

一如往常的角落席位上，一如往常的姿態——一身和服配白足袋，如年菜上會出現的慈菇髮型，幸田春婆婆端地坐在那裡，我則是面向她，不禮貌地托著腮。

「之前見小椋小姐時，她不是說了嗎？」我回道。「南野先生過不久就會回這裡的警察署，說是三個星期之後。」

當然不只聽小椋小姐這麼說，我自己也向南野先生確認過了。的確是這樣，我原以為他會告訴我，來這裡的這段期間能見面的機會應該不只一次，若非如此就太奇怪了——

因此我現在就是痴痴等待那一天。當然我也不是沒其他事做，我也要去取材，也要寫稿子，凝視著行程表以及努力把那附近的日子空下來。

「可是，還要三個星期才能見到面。」我又唸了一遍。「如果時間更短一些，當然這樣是最好，相反的，如果時間更長一些，再怎麼在意都會有忘掉時間的時候，注意力也會自然分散。

腦中淨想著這些事，時間又不會離我更近一點。偏偏感覺是最討厭的長度。」

「就算妳老愛抱怨，」老婆婆露出不耐煩的表情。「又不可能一直停留在三個星期，已經過了很多天吧？」

「還有一個星期。」我說。「也就是還剩下七天。」

「如果一日為千秋的話，現在就是如隔七千秋了。」春婆婆輕描淡寫說。「這麼一看，思念這件事也挺麻煩的。」

正如春婆婆所說，戀愛中人才會有的苦樂酸甜的滋味吧。

自那天起已過了兩星期。那時難得很坦率（其實也不只那一次）的小椋小姐或許很忙而沒來店裡，店長的戀情就這麼無疾而終。

而另一位戀愛中，或是看起來像戀愛中的人——正想到他那人就過來了。店門開啟，跟著相較於這個季節較涼的風一起進門的佐伯勝大師進到餐廳。

這時我立刻覺得哪裡怪怪的，試想原因時發現到大師今天沒戴帽子手上也沒拿東西。如果是不想讓風吹走而不戴帽子倒能接受，另一個原因是身上穿戴的清一色是黑色。平時雖然是暗色調但也會有變化，是一看就會聯想到畫家的服裝打扮。

看起來比之前瘦的臉部線條雖然沒什麼變，眼神卻反而更有力，即使有些疲憊也看起來很有精神。養小貓的事情也告一段落，這次換工作變忙碌了吧。

大師一進門立刻看向這邊，慎重地躬身行禮後走過來。

「方便一起坐嗎？」

於是我移動到春婆婆隔壁，大師則在對面坐下來。

「好久不見了。」

大師說完便沉默了半晌，於是我先開口。

「小貓後來怎麼樣了呢？」

「美少年凱魯比諾活力充沛哦。」大師認真地回道。「那次之後幾乎從哺乳瓶畢業，開始喝盤裡的貓用牛奶，如今也離乳開始吃起飼料了，所以不需要太費心照顧。」

「這樣啊，非常順利。」

「真是太好了。」

春婆婆也笑咪咪地點頭，但仔細想想，我並沒有跟春婆婆提過大師養貓的事情。看起來不像是裝的，春婆婆果然不知何時聽到我和大師（與小椋小姐）的談話吧。

雖然那時春婆婆沒有現身，但她肯定是站在「這個世界」與「彼岸」的交界處，聆聽我們說話。

「對了，」我說。「聽說小貓來到大師家的前因後果有些不可思議——」

平時話多的大師今天有些奇怪，於是由我來開話題。因為不常這麼做，先提起這件事不知行不行，又或者大師想說其他的事情，而有所猶豫。但大師點頭回應「是啊」。

「我就是想聊聊這件事。說不可思議也有，而且也有許多無法釋懷的地方，想借用春女士的智慧才過來的。」

語氣聽起來有些嚴重，這樣的話我也想聽聽究竟是什麼事。所以我問：

「春婆婆當然願意吧？」

對於我的問題，春婆婆一如往常輕輕點頭。

「若我這個老婆子的智慧幫得上忙的話。」

「我想借用的不是別人，正是春女士的智慧。」

佐伯大師先說了這樣的開場白，用手梳理被風吹亂的頭髮後，開始娓娓道來。

「凱魯比諾來我家大約是在三個星期前左右，進入連續假期的前幾天。我正在整理旅行的照片時玄關的門鈴響起，家政婦出來應門，說是『宅配送包裹來了』。

她抱著一個又大但又不怎麼厚的紙箱。接過紙箱的我，如同每個人都會做的一樣，先看了下送貨單上寄件人的名字，名字是這個。」

大師從包包裡拿出便條紙和鉛筆，用漂亮的字寫著「毛津有人」。

「這名字沒聽過——應該說，很明顯是假名。」

的確是個奇怪的名字，但為何要做到這種地步——我雖然感到奇怪，但打斷對方說話也很不好意思。大師接著說下去。

「接著看到『品名』這部分，寫的是『生物』，但這種狀況下又不是隨處可見的保麗龍箱，而且摸起來也不冷。反而有點溫溫的。

我感到奇怪並打開箱子一看，塞著膨鬆白色毛巾上躺著小貓咪——大小是可以放在掌心上黑白相間的奶貓，像玩偶般的臉上閉著眼沉沉地睡著。這麼一看，那個品名欄寫的並非虛假，只不過不是生物，而是動物。

究竟是誰在惡作劇呢？送貨單上有寄件人的地址與電話，但從名字來看反正也是亂編的。雖然無可奈何，但對方是生物而且還這麼小。決定暫時留下來照顧。

我先帶去動物醫院，確認牠是個健康的奶貓且性別是公的。一開始跟牠奮戰，手忙腳亂地，終於從喝奶的嬰兒到能自己吃飼料——也就是養到調皮鬼的年紀了。」

「太厲害了。」

「真是了不起。」

「我應該要謙虛才對，但也很自豪這把年紀的確把貓養得很好。」

大師驕傲地挺胸說，但似乎又在煩惱貓咪的事而眼角下垂。剛來店裡他看起來沒精神，但談話之間他又恢復平時的活力。

「凱魯比諾實在好可愛，有時又很調皮，看到鏡子裡的自己會對自己生氣，覺得鏡子很神祕——說也說不完，而且今天我想來商量的是另一件事。

最主要的問題就是那封信。信封塞在紙箱縫隙間，裡頭有封信。但讀了那封信，不僅不知道寄件人是誰，又為何要送貓咪過來，甚至更加一頭霧水——」

大師話聲暫歇。

「說到信，前幾天在這裡遇到的警界人士小姑娘說『宅配包裹裡放入信是違法的』。然而，事實並非如此，況且也不算是用宅配包裹寄來的。」

「欸？什麼意思？」

「剛好最近比較能從育兒生活抽出空閒，為了打聽寄件人的事而撥電話給宅配業者，但他們卻說『沒有處理這件包裹的紀錄』。但送貨單上明明就是由杉並區的便利商店寄出的。

我將這件事向熟悉的編輯請教，畢竟對方經常寄宅配或收宅配，覺得在這件事情上他很有經驗。

據他所說，或許是哪個人拿到真正的送貨單，或是放在便利商店的送貨單，先把店名寫上去，假裝是宅配包裹寄過來。並不是寄件人穿著運動外套開車送過來，而是利用『便利屋』送來的，那是客人人付錢委託就能辦任何事的行業。」

「啊——」

「我聽到這件事，也覺得鬆了口氣。」大師接著說。「意思就是說，如果真的用宅配寄來的話，凱魯比諾會被關在狹小的箱子裡最快也要半天才會送到。如果照他所說的，不會關那麼久，說不定只是一下子。」

「說得也是，對貓咪來說是萬幸吧。」我附和說道。

「太好了。」春婆婆也點頭。

「話雖如此，這樣事情變得更不可解了——究竟是誰要如此大費周章地惡作劇，會這麼想也是真的。」

佐伯大師說得沒錯。

「都沒有任何線索嗎？」我問。「剛剛您說的那封信究竟寫了些什麼呢？」

「是，我把信帶來了，請兩位看一下。信封裡有信，以及照片。」

2

大師從單肩包拿出白色大的信封，從什麼都沒寫的信封中抽出摺疊的紙並打開。

文字處理機印著簡短的文章。

「前一陣子，看到您在電視上提到莫扎特的歌劇，而想起了你。」

讀到這裡，同樣擺在桌上便條紙飛入我眼簾，頓時明白剛剛大師所說的意思。「毛津有人」的日文發音是「莫扎特」吧。我接受那果然是假名，並繼續讀下去。

「想起父親那一輩的事情，覺得我對您應該也有要贖罪的地方。」文章接著這麼寫。「然而，看到你活力充沛的樣子，我又決定要捉弄您。請您見諒。」

就只有這些，全部一共六行而已。

「就是這麼短，既沒署名也沒寄件人姓名，稱不稱得上是一封信也很難說。」

佐伯大師說，並用食指彈了一下紙張留白的地方。

「話雖如此，從內容來看明顯就是要寫給我的信，而且一開始就不想透露自己的名字吧。」

而且『捉弄我』恐怕就是把貓咪送來我這裡吧。說是麻煩的話的確是個大麻煩，但同時我也覺得戰勝了對方，所以很開心——」

「就算是這樣，那麼『父親一輩的事情』是什麼呢？」

我說出任何人都應該會有的疑問，

「這我就想不到了。」大師聳聳肩說。「只是寄件人是肯定是和我父親有關的人。因為這張照片跟這封信放在一起。」

這次大師從同一張信封裡抽出照片給我們看。

「是最近才將舊照片重新複印的照片吧。」

如大師所說，印刷紙又新又光滑，畫像是棕褐色。加上裡頭的那些人，感覺就很有老照片的感覺。

「父親也有同樣的照片，我記得不只一次和父親聊過這張相片。左邊是父親，當時他三十歲，我差不多一歲的時候。」

大師的父親是身材精瘦表情認真的人，同年紀的男性有五個人，其中兩人穿和服，剩下的人穿洋服。而右邊有個小孩子——華麗的和服與妹妹頭短髮，看起來像人偶，五官漂亮的女孩子。一位瀟灑的男性站在身後，手放在女孩的肩膀上。

沒有背景，大概是在照相館拍的。畢竟那時代不像現在可以輕鬆地拍快照，大人們都一本正經地望著相機的旁邊，只有那女子是正面看著相機。

「第一次看到這張照片時，是我四歲還是五歲的時候。」

春婆婆和我頭靠在一起看著照片，大師接著說：

「我記得有人向父親詢問『這個女孩子是誰』，也記得父親捉弄我說：『因為是可愛的女孩子，所以想娶她當新娘嗎？』事實上的確是個很漂亮的女孩，照片上的年紀跟我當時相同，或許會有小孩子情感上的動心吧。

『可是她比阿登大兩歲，比阿勝大四歲』，阿登是我哥哥，『更重要的是，她前一陣子過世了。』

然後過了十幾年——我是高中生，而父親五十歲的時候，父親因緣際會又打開相簿。剛好是那張照片的那一頁，我想起以前的對話並跟父親提起這件事。

當時父親說那天是和以前美術學校的伙伴們久違的聚餐，聚餐前在照相館拍了張照片。那女孩是其中一人的姪女——既是朋友的妹妹，嫁去遠方老家的女兒，剛好把姪女寄宿在娘家照顧，朋友散步順便帶她出來。聽說她只在拍照時人在，後來有人來接她回去了。

順帶一提那女孩過世的事情依根據我的記憶，是在拍了這張照片過了幾年後，父親遇到許久不見的友人時詢問姪女還好嗎，對方說『已經過世了』。

然後父親望向遠方回憶著，並且說「拍這張照片時，家中的狀況很辛苦」。我當時滿一歲，也就是母親過世剛滿一年。我母親生下我後就過世了。

即便家務有家政婦幫忙，父親一個人要照顧三歲與一歲的兒子不可能奢望有平靜的生活。忙碌的生活中，繪畫訂單一直來——雖說很感恩——原本就很敏感的父親，神經又斷了好幾條。

周遭的人都勸父親再婚，以當時的感覺來說也是理所當然的，為了父親生活上的方便，也為了孩子，續弦是有必要的。

事實也有介紹對象，父親也曾決定要續弦，但到最後父親沒有決定再婚，這件事就落空了。父親最後是再婚了，但那是幾年後的事，而當時我也已經懂事了。

繼母是個溫柔的人，在戰時如此辛苦的年代也對我們照顧得無為不至，再怎麼感謝都不夠，但偶爾也會有『如果是親生母親更能互相理解吧。』——真的偶爾才會有這樣的想法。聽其他人說，已逝的亡母非常聰明，但她卻很謙虛，是一位個性低調的女人。

我在說什麼啊。已經完全脫離原本的話題了。」

大師似乎這才回神過來，拿起攤在桌子上的那封信。

『想起父親那一輩的事情，覺得我對您應該也有要贖罪的地方。然而，看到你活力充沛的樣子，我又決定要捉弄您。』

他打直腰幹，唸起意義不明的句子。

「從這件事可以得知，」大師抬起臉來。「而且從照片同樣放進信封裡可判斷出，寄件人就是照片中父親某個友人的孩子吧。」

而寄件人的父親，以前——或許是拍照當時，對我父親做了什麼不好的事，才說要『贖罪』，以及『我也』決定要捉弄您來看，一般都會這麼想吧。」

大師輪流看著春婆婆和我的臉，用率直的語氣說，

「然而，所謂的『捉弄對方』——寄件人的父親對我父親做的絕不是什麼小事。與送貓過來這件事不能相比，連到後來都仍會掛懷的嚴重事情。

若非如此，不會連非當事者的小孩子，都過了半世紀超過七十年以上，還會使用

『贖罪』這麼誇張的字彙。
「是吧，我也是這麼覺得。」
「話雖如此，這點令人難以釋懷。」大師說。「畢竟，父親拍這張相片時的生活，都不覺得是父親友人所為。當然，這是從外面的角度來看，而且是由當時還在學步時期的我，之後俯瞰父親的人生的想法，並不明白當時真正的狀況。總之，如先前所說的，工作上是很充實的——繪圖的才能受到認同，也就是初露頭角。
當然，妻子亡故是很不幸，但那是拍照一年前的事。此外，要我說的話，但不管原因是什麼，都不是父親友人的錯。
究竟是誰對父親做了什麼事呢？而且當時那個女孩也就是寄件人究竟是誰，又為什麼要把貓送來我這裡呢？特地調查我的地址，還委託便利屋送過來。」
大師話停下來，擺在桌上的雙手的掌心向上，
「這正是目前煩惱我的問題。不，應該說之一才對。」
「之一？」我責問說。「還有其他的問題嗎？」
「關於這個，待會兒再說。」大師含糊其詞。「總之，我想借用春女士的智慧，解開這個謎樣的宅配包裹之謎。」
大師話聲停住，調整坐姿。看來以上就是宅配包裹與貓咪之謎大致的狀況了。
既然看過春婆婆之前名偵探般的解謎手腕，我也懂大師想要依靠她的心情。話雖

如此，但這摸不著頭緒的事件，就算是春婆婆，從這些小細節進行推理是不是也有些困難呢？

我看著坐在隔壁的春婆婆的臉。一如往常冷靜的表情上，看不出來是「內心有想法卻默然不語」。

「春婆婆，您怎麼想？」我問道。

「這個嘛——該怎麼說呢，要我立刻——」

用詞比平時更加謹慎。果然是情報沒有完全吧。或許有哪裡不夠清楚，我試著對大師多提一點問題。

「信在一開始提到『想起了您』吧。」

「嗯，是的。」

「這表示，這位寄件人見過大師——不僅兩位的父親互相認識，寄件人本身也認識大師，是這個意思吧？您記得有見過照片上這女孩嗎？」

「這部分我也思考過。孩童時期的確記得曾經和父親某位友人的孩子一同玩耍過。可是，父親和友人的交往並不頻繁，帶小孩同行的更是少之又少，可能偶爾有什麼原因會帶著小孩，但記憶很淡。

而且究竟是哪個友人，又有沒有在照片上——這部分就不得而知了。」

「也是啦——」

的確也是這樣，而且當然無法向大師的父親詢問狀況。從年代來看，以及從大師的說話態度來看，大師的父親早已過世了吧。

「但長大之後，就不記得父親有和這些人見過面。」

大師接著說。

「話雖如此，我說的不記得父親有見過，自稱是父親友人的兒子與女兒——或外甥、姪女的人。

在各種機會下遇到的人，其實是父親友人的孩子，對方即使曉得這件事，也不會特地這樣介紹自己。如果是這樣的話，遇到誰也不奇怪。」

確實是這樣沒錯，這樣的話就會不得而知。

「況且，」大師說。「寄件人也沒提到『曾經見過我』。既然說『想起我』，之前就一定知道我這個人，但也不一定就見過我。就像剛剛我來這裡時，妳不是問了『貓咪還好嗎？』以及凱魯比諾的事，就像這樣。」

「嗯，是的。」

「因為『想起』凱魯比諾才問起來的，但並非來我家看過凱魯比諾。只是從之前見面時我說的話中知道凱魯比諾的存在。」

「跟這狀況相同，即使寄件人沒見過大師，只要『知道大師的存在』，就會出現信中這樣的說法。」

「就是這麼回事。這狀況就是對方從父那裡得知我父親的存在，也聽說過對父親『做了不好的事。』知道父親有我這個兒子，從同樣的話題中知道我的存在也不奇怪。

的確是這樣，即使寄件人認識大師，這麼說也成立。「想捉弄」見也沒見過的對方這件事雖然奇怪，但世界這麼大的確會有這種人存在吧。

信上的內容看來沒什麼幫助，沒有其他資訊嗎？對了，這麼說來，

「送貨單？雖然信是用文字處理機打出來的，但貼在箱子上的送貨單是手寫的吧？」

「您說的是筆跡之類的嗎？」

「嗯，至少猜得出來寄件人是男是女吧？」

「要我說的話，看起來像男人的字跡。」大師說。「當然，我也不是專家，也無法斷言。」

「可是，仔細想想，也不一定就是寄件者本人的字。」雖然是我自己說的卻沒自信。「或許是送貨的便利屋所寫的——」

「不，應該是寄件者本人吧。」大師肯定地說。「因為那是上年紀的字跡。而且送貨人似乎是年輕男子。」

若是這樣，我就覺得那是本人的字跡，而且是男人的字。雖說是從筆跡來看，但寄件人欄位上的姓名——即便是玩笑話，但至少是男人的名字。

也不能完全否認寄件人是女性的可能性，然而在這種狀況下，照片上又沒有寫是誰的兒子或是誰的女兒，假設即使知道性別，也無法達到「縮小目標」的功能。而且以前的事情是父親和友人之間的事，跟寄件人是男是女也沒有關係。

意思是性別並沒有那麼重要，反而是男是女都無所謂。

不清楚的事實在太多了，而且假設這些都清楚，也都不能成為線索。這樣的話，即使是春婆婆，似乎也很難找出真相。

我瞄了下春婆婆，她依舊雙手端放在大腿上，如同顏色低調的小鳥般，可愛地歪著頭。

「那如果是貓咪呢？」

我有些苦惱地說。謎樣的寄件人寄來的信，貼在箱子上的送貨單，如果都不能作為線索的話，箱子裡的東西如何呢？

「關於大師的父親與貓咪，有沒有什麼小插曲呢？令尊喜歡貓咪嗎？」

「這個嘛，應該不喜歡吧。」大師說。「他喜歡小鳥，冬天時他會把水果插在庭園樹枝上，野貓倒是每次都會趕出去。他相信關於貓咪的迷信，但也沒有特別忌諱。當然，家裡沒養過貓，連在那個家長大的我，也不太喜歡貓——」

這樣的人竟然瞇著眼睛說凱魯比諾怎樣又怎樣的，小貓咪的影響力真是驚人。

能問大師的問題也都問完了，我想起一直很在意的事。

「這麼說來，大師的父親也是位畫家吧？」

「是的，他畫日本畫，但卻不有名。但畢竟是過去的人，也不是刊登在教科書上的大畫家，像妳這樣的年輕人應該不認識吧。」

「是什麼樣個性的人呢？是藝術家性格難以——」我說到一半發現自己講錯話。

「啊，抱歉。」

「沒事沒事，」大師天真地說。「包括我自己，想把繪畫之類當作工作的人，本來就不是個性圓滑的人，內心都難搞吧。

話雖如此，有的人外表一看就難搞，也有的不是，而我父親屬於後者吧。即使內心很激動，卻不會表達出來和人發生衝突，而是選擇藏在心裡。

因為他不太對家人大呼小叫，所以應該也很少跟友人發生衝突吧。當然，這不過是我的推測而已。」

我理解地點點頭，拿起剛剛那張照片。

仔細看每一個大人的臉，的確如大師所言，有人一看就很難搞，有的人則不會。不過，整體印象都很一般的人聚集在一起，最引人注目的是右邊的小女孩。不只是她穿著華麗的和服以及漂亮的五官，也因為聽到幾年後她已過世的這件事有關吧。

「老實說，有種『舉白布投降』的感覺。」我將照片放在桌上。

「當然，也沒人對我有期待，但要我解開謎團實在是——」

可是，春婆婆也一樣吧？我彷彿要這麼說似地，眼神看向旁邊。

一看到春婆婆的臉，我就明白我錯了。

3

「難不成春婆婆已經知道了？這一切究竟是怎麼回事呢？」

佐伯大師問道。從春婆婆的表情，他也跟我察覺到同樣的事。

話雖如此，並不是說春婆婆表現出一臉很懂的樣子——「啊，我早就知道了。」並不是那般自信滿滿的表情。反而是有些傷腦筋，不知所措的表情。然而，曉得春婆婆人品的人，就會明白那表示她已經察覺到真相了。

的確是想說出來，可是該怎麼辦呢，如果引起風波可就不好了，況且又不想多嘴——她這樣猶豫不決時明顯會有的表情。

「若說知道的話，感覺也是知道的。」

春婆婆開口說，比之前的聲音更小，

「應該怎麼說呢——」

「我也說過好幾遍了，其實沒有所謂真正的證據。」大師先開口。「有沒有那樣的東西其實並不重要。我很信賴春女士的觀察力，況且，就算猜想真相是怎樣，也不能夠做什麼。」

過去父親與友人之間的事情，而且也過了七十年以上，或許是那位友人的孩子，寄給我信和貓咪的理由。

即使是用了「贖罪」這麼誇張的字眼，但肯定是私人的事情，並不是什麼犯罪的大事。即使報警也不會被起訴，只要我能接受就可以了。

「大師既然都這麼說了。」

春婆婆若有似無的聲音說，原本就很直的背脊打得更直，

「那麼請聽聽我的想法，在那之前——」

「在那之前——」

「有些事想請教大師，兩、三個問題，關於令尊的事。」

「請問。」

「那麼，首先是工作。剛剛您說，拍這張照片時，是令尊正要初露頭角的時候，也就是照片中的這些人之中，最成功的人吧？」

「是。」大師點點頭。「關於當時的情形，我覺得這樣說也是對的。雖然之後應該也有人變成大人物。」

「是這樣啊？」春婆婆溫柔地點點頭。「還有，與工作無關的事。令尊喜歡小孩嗎？就是非常喜歡小孩到連別人的小孩都照顧——他是這樣的人嗎？不只女孩子，連

男孩子也很喜歡。」

「我懂您說的。」大師回道。「若問我父親是否是這樣的人，我的回答是：『不是』。」

「那麼，還有一個問題。大師高中的時候，您與令尊聊到這張照片，令尊說『那時家裡很辛苦』的時候。

令尊的口氣是怎麼樣的呢？有苦澀的感覺嗎？」

跟剛剛兩個問題不同，大師沒有立刻回答，仔細思索著，

「不。」他說。「沒有苦澀的感覺，倒是——」

春婆婆默默等待著大師說下去。

「有些悲傷的感覺吧。」大師確認記憶般地說。「感覺自己『是個大笨蛋』的口氣。」

「謝謝。」

春婆婆低頭道歉。

「那麼，很抱歉，請聽聽我的想法。」

春婆婆兩手整齊地放在大腿上，如同往常——不，是比往常還更小心，

「這次的事情真令人意想不到，大師想必大吃一驚吧。名字奇怪的人送來貓咪，讀完附上的信件卻更加一頭霧水，甚至連令尊的舊照片都出現了。

在五里霧中，先從有文字的書信來找尋線索吧。最引人注目的應該是這兩個詞彙吧。當然就是『捉弄您』與『贖罪』。

以前大師的父親被某位友人陷害，而且不是小事，是連下一代都記憶猶存的事。現在看起來模糊不清，但如果去探照以前的事情，那麼其他的線索——寄件人是誰，為何要送貓咪給大師，猶如線被解開似地自然有路可走，我認為這樣的。」

我默默聆聽。過去的事情就是一切源頭，看來是沒有錯，但究竟是什麼事呢？

「如大師方才所說，拍照時令尊的生活『不管什麼原因，都不是朋友的錯』。」

春婆婆靜靜說出這番話。

「然而，真是如此嗎？令尊自己回顧過往時，不也說了『那時家裡很辛苦』嗎？」

「可是——」

大師似乎想說什麼，卻又閉上嘴，春婆婆瞄了下大師的表情，眼神稍微朝下接著說下去，

「令尊說的很辛苦指的是三件事，太太過世、照顧兩名幼子、以及接踵而來的工作。

這三件事之中，第一件事實在是很不幸，但後兩件雖辛苦也是幸福的。雖然有這樣的不同，但相同的地方是，這些都不是友人造成的。」

「沒錯。」大師大力地點頭。「我也想這麼說。無論哪件事都不是父親友人所造成的，不會有『捉弄父親』的結果。」

「您說得沒錯。無論哪件事都不是人為能辦到的。」春婆婆一派冷靜地說。

「然而，剛剛聽到的內容中，提到那時令尊再婚一事，最後落空了，因為令尊沒有下定決心。」

「嗯，的確是這樣……」

「這樣如何呢？如果令尊當時續弦的話，剛剛那三件事的前兩件就會往好的方向發展——至少，對令尊而言生活會比之前輕鬆。

然而，令尊卻沒這麼做。關於這件事情的發展，人為是辦得到的——也就是朋友所造成。」

我嚇了一跳，這麼一說，的確是這樣。

「這個就是『捉弄父親』的結果嗎？」我問。「意思是友人妨礙大師父親再婚一事？」

「的確是這樣。」大師雙手盤胸。「倒也不是不可能。」

春婆婆觀察大師的表情，並輕輕點頭。「令尊本身一邊看著照片邊說『當時真的很辛苦』，從這件事來看，當時決定不再婚的原因，與照片中人，或發生的事情，似乎是以某種形式連結在一起——我感覺是這樣。」

發生的事情原來是這個意思，我感到不可思議。在照相館拍的記念照片，沒有背景也沒有擺姿勢，只拍到一本正經的大人們。

「大師也回憶起令尊當時的口吻。」春婆婆繼續說下去。「您說沒有苦澀的感覺，從這答案可得知，令尊本身對於這件事情，似乎不曾認為是朋友故意『捉弄』自己的。」

記得大師說的好像是，感覺有些悲傷，感覺自己『是個大笨蛋』的口氣。

「然而，讀了這封信的我來看，這正是友人要『捉弄令尊』——或許為了妨礙令尊工作的發展，而故意這麼做的。

而如果真是這樣的話，這件不算小的事，才會用上『贖罪』這般嚴重的字眼。我對信中還有一句很在意，這點等等再談。」

春婆婆話聲暫歇，大師和我也沉默下來。

春婆婆解謎的語氣比平時還要小心，肯定是顧慮到大師的心情。大師本身的出身經歷，大師父親每回的心境，以及人生的轉折點——妻子（大師的生母）過世，以及一年後錯過再婚的機會，幾年後再婚時，時不時會想起那時的心情。

「如果剛剛所說的都正確——換言之『捉弄』的目的是干涉令尊再婚一事。」

春婆婆用相同的語氣再度說下去。

「問題就是令尊的友人究竟做了什麼？」

「假設知道了目的，」大師說。「剩下的問題就是用了什麼手段吧。」

「您說得沒錯。關於這件事，可以看看剛剛的照片。」

「不過，只有信和照片線索不夠呢。」大師說。「工作室拍的照片中，也沒有做了什麼事的樣子，也沒有去哪裡。

每一個人的表情和當時的服裝等，雖然對於作畫會很有幫助，資訊量不會太有限嗎？不認為有拍出您剛剛說的『發生的事情』。」

「恕我直言，」春婆婆。「依我來看的話——」

「那麼，您在那張記念照中看到的事情是什麼呢？」

「並不是很久以前的事。您仔細看照片，最在意的是哪個部分呢？最引人注目的是哪個部分呢？」

春婆婆先看大師再看我。

「那就是——」

大師手指著右邊，

「這個女孩，穿著和服的少女吧。」

而我則是直接說說來。

「是的，」春婆婆點點頭。「這女孩在這裡，就是那件『發生的事情』。」

4

「美術學校的友人們久違地聚在一起，在用餐前拍照片，大師是這麼形容的吧。」

全都是男人的聚會，也有像大師父親這樣是有孩子的人。但為什麼只有這位孩子的伯父帶著姪女來呢？

「三十出頭的男人，也沒有自己的孩子，而且還會帶姪女散步啊？如果同樣是男孩的外甥倒另當別論。像這張照片那麼久的年代，像這種事很普通嗎？」

「妹妹將女兒寄宿在娘家，我記得是這樣。所以這孩子的母親並不在身邊，由於家中沒人，自己出門時只好一起帶過來了。」

「事情就是這樣。」春婆婆說。「可是，以前的人家，只要不是年輕人一個人住，大部分都會有人在家。事實上，拍了照片之後，家裡的人把姪女接回家——您是這樣說的吧？」

「家裡沒人嗎？還是剛好那時候——」大師搖搖頭，

「看起來的確是那位身為伯父的友人自己帶姪女出來的，這狀況似乎有點罕見吧。」認同這件事之後。

「然而，從照片中大家的表情來看，似乎已經接受『也是有這種事吧』。雖然不曉得當時大家是什麼感覺，至少沒有訝異地覺得『怎麼回事啊？』吧。」

「我也不認為是很稀奇的事，只是『有些罕見』而已，只要確定是這樣就可以了。

而且罕見的不只這個。令尊並沒有特別喜歡小孩子，也不是連別人的孩子都喜歡的愛小孩的人士。剛剛已問過大師了。」

「我的確說了，也的確是這樣。」

「這樣的話，就不奇怪了。大師看到照片時——或是小時候第一次看照片時，向令尊詢問：『這個女孩子是誰？』

令尊順口說出女孩的年齡。比大師的哥哥大兩歲，比大師自己大四歲。不是友人的女兒而是姪女，而且也不是跟自己的孩子年紀相同，卻把年齡記得那麼清楚。

此外，在那之前，和這位朋友久違的再度相遇時，令尊問過對方『姪女還好嗎？』您也說了，她並非友人的女兒，說不定只見過一次面的小女孩而已。

並不是非常喜歡小孩的父親，為何對那個姪女如此關心呢？」

「我先聲明，」大師謹慎地說。「這孩子臉長得非常漂亮，但父親並不是會特別關心年幼小女孩的那種人。」

「嗯，當然不會的。」春婆婆說。「可是，若是這孩子的母親呢？」

「欸？」

「小女孩的母親，也就是朋友的妹妹。令尊因為和這位朋友來往，所以從前就知道那位妹妹的事吧。

以前有句詞彙叫『深閨閨秀』，有少數的家庭會如同字面上的意思讓女兒關在閨房裡，稍微嚴厲的雙親只要有人照料，就會不讓女兒去大街上，也不讓她見來家裡的客人。

假設學生時期的令尊與朋友的妹妹認識——甚至互有好感也不奇怪。」
大師和我都默默聽著春婆婆的話。
「再假設，」春婆婆說。「當時的婚姻一般都是跟父母所決定的對象結婚，所以跟同時代的人相同，兩人感情無疾而終。
友人的妹妹嫁去遠方，令尊也結婚了，之後就不曾再見過面吧。
各自都有孩子，過了幾年之後——」
「父親的妻子，也就是我母親過世了。」
彷彿替說話猶豫的春婆婆推一把，大師壓低聲音接下去說。春婆婆有些猶豫地點頭，
「過了一年之後，周圍的人建議令尊再婚，也介紹對象給他，令尊也挺喜歡這對象。」
如果這個時候，又是假設，某個人——過去曾有好感卻嫁至遠方的女方，她的哥哥說了這樣的話：『妹妹的婚姻不順利，或許會離婚。』
如果聽到這樣的話，或許有一絲期待的心情，或許因而拒絕進行中的再婚一事。
如果心中有屬意的對象，想必一定會這麼做吧。」
「然而——」大師支支吾吾。「那位友人的妹妹離婚這件事——」
「當然，那件事是假的。從最後令尊幾年後才和另外的對象再婚來看。」

然而，如我先前所說，令尊本身並不認為被騙了。即使原本有離婚的意思，最後也解決了。所以令尊才會覺得對此事有期待的自己像個笨蛋。」

春婆婆說到這裡，

「如同一開始所說，一切都是『假設』。」為求謹慎說。「或許的確是這樣，若真是如此——也請聽聽原因。

若真是如此，令尊友人之所以說慌，或許是對同伴中出人頭地的令尊感到嫉妒吧。挾怨報復，希望令尊最好就一個人辛辛苦苦照顧幼小的孩子呢。」

大師沉默半晌後，照片中的某一張臉——手放在小女孩肩上的高個子男性的臉，

「就算是這樣，」過了一會兒。「就算如春女士所說，為何要把姪子帶到聚會來呢？」

「當然，如果真的要離婚的話，最棘手的就是孩子該由誰照顧的問題吧。」

或許是這樣吧，但這件事跟這次的事件有什麼關係呢？」

「女方從婆家回到娘家時，如果生下的是能夠做為繼承者的男孩的話，就不可能不要那孩子——雖然不至於那麼嚴重，但當時這樣的想法的確很正常。

因為不願跟孩子分開，婆家那方再不講理也會忍耐。這樣的女人很多。當然，如果是女孩就帶回娘家也不是普通的事，無論是男孩或女孩、留下來或帶走、都是需要雙方同意的，但最容易引起糾紛的是生男孩的時候——就是這麼回事。

如此一來，假造『妹妹離婚』的事讓令尊相信，為了讓他期望妹妹可能馬上就會離婚，而假裝妹妹的孩子不是兒子而是女兒，這樣比較說得通。」

「咦？為什麼？」

「『不是兒子而是女兒』，可以假裝這樣嗎？」

大師和我異口同聲說。這說法不得不令人發問。

「意思是，這張照片中的『姪女』其實是男孩子，為了讓妹妹離婚一事聽起來像是真的，所以將外甥打扮成女孩子的模樣帶去嗎？」

「不過這也沒有證據，但至少感覺有點不同。」

春婆婆向激動的大師和我，語氣冷靜地解釋說。

「很久很久以前——其實也沒那麼久，有一部分古老的家庭，會把男孩子從小就打扮成女孩的樣子，作為女孩子來養育的習慣。因為小女孩比較不容易生病，但這畢竟是迷信。據說大部分上學後會把頭髮剪掉，服裝也會改回男孩子的打扮。

友人妹妹的婆家就像這樣，『姪女』其實是平常就打扮成女孩子的男孩子。

正因為實際上是男孩，當令尊聽到那樣的傳聞時，為了讓他知道『不是這樣的，的確是女孩子』才帶來聚會的。

這麼想來，拍照數年後，令尊關心『姪女還好嗎？』，友人回答說『過世了』，只是想應付掉這件事吧。」

「也就是說——」

「當時的『姪女』已經不在了的意思嗎？」

「照片中的『姪女』並不是過世。」大師喃喃說。「而是根本沒有姪女這個人——」

「那次之後就把頭髮剪了，恢復成男孩子的打扮，變成成熟的男人了」我說。「現在成為什麼樣的人，在做什麼事呢？」

「這個就不得而知了，就我所知——」

「不只是成熟的男人，而是老爺爺了。」大師有些粗魯地打斷春婆婆的話。「比我大四歲，已經超過八十了。」

「我想說的並非這件事。」春婆婆依舊委婉的語氣。

「那位前一陣子看電視時，看到大師上的莫扎特的節目。」

「也就是說，」我說。「這個人就是寄件人。」

「如果剛剛說的話是對的，也只能這麼想才符合邏輯了。」

春婆婆用雖小卻很有力的聲音說，

「正因為自己也在照片裡，所以將照片與信放入同個信封中。在伯父做的『捉弄令尊』中，雖說是在不知情的狀況下扮演一個角色，才會說要對以前的事情『贖罪』。關於以前的事情，不說『父親之間的事』，而是『父親一輩』，也是因為這個關係吧。做出這種事的不是自己的父親，而是某位親戚。我想就是意味著這件事。」

原來如此。雖然每次都是這樣的結果，但仍不得不佩服。

這裡有個疑問——不對不對，還有一個很大的疑問。

「可是，那個人為什麼——事到如今才把信、照片和貓咪送過來呢？」

春婆婆瞄了下大師的表情，像是在問「可以嗎」，大師則以手示意「請」。

春婆婆點點頭後開口。

「這樣果然是因為看到大師上了節目的關係。

聽到您談到歌劇中的『凱魯比諾』人物而想起過去的事情，而想起當時自己的穿著打扮吧。」

「啊，是這樣嗎？」我忽然想到。「『凱魯比諾』是個『俊美如女人的美少年』，在故事中也是穿女裝的關係吧。」

「是的，雖然我沒看過歌劇，但似乎也聽過是這樣的故事。

那位從以前就知道伯父與大師之間的事情吧。說不定跟大師一樣，曾跟自己的伯父問過那張照片的事。聽到過去『捉弄對方』的事，且知道自己是那位登場人物吧。

然後，即使不是自己錯，卻抱有鬱鬱寡歡的心情。」

「也就是，罪惡感吧？」大師說。

「嗯。」春婆婆點點頭。「而且與其說是對大師的父親，更像是對大師。」

「這又是為什麼呢？」

「意思就是說，」春婆婆的語氣更加有所顧慮。「如果令尊第一次就順利再婚的話，那時大師滿一歲，搖搖晃晃學走路，什麼都不懂的時候。

對於父親續弦的對象會以為是自己的母親，毫無顧慮地就這麼長大。之後，即使知道生母是別人，但這件事也能像是聽故事一般吧。將從一歲就照顧自己的人視為『母親』，並在心扎根了。

然而事實上卻不是這樣，已經懂事時的大師身邊沒有母親的照顧。

寄件人知道有沒有母親在身邊的不同，擔憂比自己年紀小的大師的心情，而且是因為自己的緣故——當然錯的人是伯父，但自己也是在不知情的狀況下做了幫凶的感覺吧。

因此那位要『贖罪』的人，不是對令尊而是對大師。」

大師雙手盤胸，緊閉雙唇，專心聽著春婆婆的話。

「寄件者的愧疚感比以前更甚，每每看到大師的名字或工作時，都會想起那件事。如同剛剛真以小姐說過，畫家都難以親近，以為大師也是這樣的人，造成這種個性的其中一個原因是『母親』這個角色——會不會是這麼想的呢？

當然這也是我的想像，那位在前陣子的電視節目上第一次看到大師這個人的模樣與言行舉止，意外的充滿活力又個性闊達的人——所以又有另一種感覺。

既安心又有點吃虧的感覺，而想要小小捉弄您一下。」

我重讀信件的一段。「看到你活力充沛的樣子，我又決定要捉弄您。請您見諒。」

「那位模仿了伯父對令尊的行為。」春婆婆接著說，希望看起來順風順水的大師，體會一下『育兒的辛苦』吧。」

「因此才會送小貓過來啊？」我說。「為了這樣的惡作劇，而從哪裡拿到小貓。」

「或許是這樣，也有另一種看法。那位跟這件事毫無關係，只是剛好撿到被丟棄的貓，不能放著小貓不理所以帶回家。

然而，自己已不年輕，不可能一直照顧著小貓——想到這裡，決定要讓給哪個人，然而就想到大師了。與其說是『讓』，更像是『推』給大師。」

「不，請等一下。」大師大聲說，看似有很大的不滿。

「要說不年輕的話，我也一樣啊。」

「不，」春婆婆說。「您還十分年輕。」

「那人是八十幾歲，大師是七十幾歲，」我回答。「這樣的話，差距就很大了。」

「是的，而且。」春婆婆表情認真。「像大師這樣有人望有地位的人，一定有……

那叫什麼來著，不是『支持』——」

「您想說的是『支援』嗎？」

「對對，那位說不定認為應該會有人支援您吧。」

而且，我想。看到大師現在的模樣，送貓過來才是「贖罪」吧。不知道寄件人原本就有那個意思，還是結果剛好變成這樣？

「這件事——姑且不論把小貓送來我這裡是對還是錯。」佐伯大師調整好坐姿。「信件與照片，以及關於送小貓的原委，我想已經很清楚了。一如往常精闢的破解謎團，非常謝謝您。」

大師跟來到店裡時一樣，比平時稍微拘謹地說。

「果然，春女士這人跟我想的一樣。」

接下來是一如往常地對春婆婆那名偵探的讚許——看似這樣，卻覺得有哪裡不同。

「其實我今天是為了想解開另一個謎團。想請教春女士。」

大師究竟在說什麼？我有些訝異，春婆婆冷靜地回答：

「請說。」

大師看向春婆婆，點了個頭後娓娓道來。

「剛好兩星期前，我繞過來這家店想見春女士卻沒見到她，而真以小姐和那位警界人士的小姑娘正聊得起勁兒時。

那時剛好聊到每天的生活就是照顧凱魯比諾，說起來很不好意思，我連鬍子都沒剃，戴墨鏡土遮住睡眠不足的眼睛，整個人很邋遢。

我把事情跟真以小姐說，也請她轉告春女士，正急著回家時，發現帽子忘在椅子上而從門口折返回去。」

我想起來當時的確是這樣，但還是不懂大師說的「想解開謎團」指的是什麼？

「然而，我戴帽子走出去，穿過停車場來到大馬路上時，發現我把墨鏡給忘了。才剛想我又忘東忘西又要折返回去，正要推開店門。那時透過店門玻璃，看到角落席位──春女士坐在跟現在相同的位置上。」

我想起當時的狀況。大師離開，只剩下小椋小姐和我在說話時，春婆婆不知何時現身了──

「我當時在那裡時春女士並不在，真以小姐也說『春婆婆今天沒來』。

難道春女士跟我擦身而過，我離開後她剛好進來吧？不對，不可能有這種事，照理說半途中就會跟我錯身而過才對。

我很訝異所以佇位在門口觀察著店裡的狀況，很快地察覺到一件事。

我想，難道不是兩位年輕人與春女士，三個人在說話嗎？可是仔細一看，只有兩個人在對話，而且刑警小姐眼中沒有春女士。偶爾往那邊的位置看去時，也像沒有人在的感覺一樣。

這麼說來，以前似乎也有這種事。我和春女士初次見面那天，那位女刑警、另一位男性以及真以小姐在聊春女士的傳聞，而我在隔壁桌開會時。我無心聽著各位的談話時，覺得很奇怪。

裡頭的角落位置上，明明就是傳聞中的那位當事人女性。但為何那兩位似乎都沒發現呢？

我想起那件事，現在才想到。難不成，有人看得見春女士，有人看不見嗎？」

這次換春婆婆默默不語了。我發現出大事了卻無法插嘴，默默等待大師繼續說下去。

「最後我並沒有打開門。就這麼回去，戴起收在胸前口袋的墨鏡回家了。」

春婆婆雙手放在大腿上，也沒點頭也沒否認，靜靜聽大師說話。

「從那次之後我就在想。在一陣慌亂的日子暫時休息之時，可以喘口氣時抽個幾小時的空，來解開除了宅配包裹與貓咪的謎團之外，還有一個謎團——關於春女士的謎團。

結果，一點一滴——但卻很難不這麼想——我理出自己的想法，終於有了模糊的形狀。話雖如此，雖看得到模糊的形狀卻不知如何對應。

此外，在這件事弄清楚前，把我弄得一頭霧水的謎團——關於信、照片與貓的事，想先聽聽春女士的高見。

而今天，看到春女士將從過去飛來的謎團精采地解開，如今我也明白了另一個謎團的答案。

大師話停下來，做個深呼吸，像在擦汗手放在額頭上，

「我出生於戰前，幾乎戰後才受教育。雖然很多思想跟不上現在的年輕人，但思考

方式卻和父親那一輩的完全不同。
當我還搖頭晃腦學走路時，那時候的大人們，我的父親、那位友人、友人的妹妹與婆家做了些什麼又是怎麼想的，我實在猜不到也想像不來，但春女士輕輕鬆鬆就說明出來了。能解開這次的謎團，春女士所根據的絕非超強的理論。
春女士，您的思考方式是我父親那個時代的思考方式。即使您的歲數看起來與我差不了多少。
雖然這些都是今天才明白的，但之前春女士的用字遣詞以及和服的姿態等，或許在我下意識中已感覺到，或許正因為如此，我才會被您吸引吧？
我知道您的祕密。我認為是知道了。因此，我要向您說明我的心意。或許，很遺憾。
我對春女士的心意是因為春女士擁有比我這個人還古老的──父親那輩的想法、睿智且謙虛，我很憧憬這樣的女性，希望能在您身邊。我所沒見過的母親的身影，與春女士重疊了。
春女士，我對您，」
大師欲言又止地說：「我想與您告別。」
春婆婆依舊默然不語，如往常般挺直背脊端坐著。大師曾經怎麼形容呢？很久都沒見過穿和服如此典雅、端莊且優雅的人。

「您或許並非這世界的人。」大師咬牙切齒說。「可是，我剛剛說的並非因為這個。我並非因為這件事而要與您告別。而且，自稱藝術家，卻因為對方不是這世上的人而感到害怕也太丟臉了。

並不是這樣，而是將其他女性的幻影與您重疊，而對那幻影的心意並非愛情，那是無以名狀、自以為是、又煩惱又無法捨棄的——」

春婆婆依舊靜靜聽著，但表情跟平常稍有不同——嘴角有些緊繃，看起來似乎在壓抑什麼似地。

「覺得這樣的自己很不中用，而且或許對於春女士這位女性做了失禮的事了。因此，春女士，我現在要與您告別。」

隨著這句話大師站了起來。「再見。」如此低頭鞠躬說道：「請保重。我不會再過來也不會再見面，請您保重身體。」

大師轉過身，步伐緩慢卻大步往外走去，推開店門離開。

大門關上的餘音漸漸消失，平時就很安靜的店感覺更加不尋常的靜謐，又過了一會兒後——

「大師走了。」我說，

「是。」春婆婆回應道。

「好寂寞呢。」

「是。可是，那也沒辦法。」

「大師說再也不會過來了……」

似乎有點想哭的感覺，卻又忽然想到，

「可是，有可能忘掉東西又掉頭回來吧？」

我開玩笑地說，但春婆婆卻搖搖頭。

「唯有今天，應該不會發生這種事。」

「為什麼——」

「大師忘掉的東西大部分是帽子。」

春婆婆望著窗外的陽光，

「而今天，大師從一開始就沒戴帽子。」

輕輕說完這句，便一如往常地悠悠垂下目光。

逆思流
心碎餐廳 再會
（原名：ハートブレイク・レストラン ふたたび）

作者／松尾由美　譯者／李惠芬　封面圖／廖珮蓉
執行長／陳君平　榮譽發行人／黃鎮隆
協理／洪琇菁　國際版權／黃令歡
執行編輯／呂尚燁　美術編輯／方品舒
企劃宣傳／楊玉如、洪國瑋、施語宸
發行／英屬蓋曼群島商家庭傳媒股份有限公司城邦分公司　尖端出版
台北市中山區民生東路二段一四一號十樓
電話：（〇二）二五〇〇－七六〇〇（代表號）
傳真：（〇二）二五〇〇－一九七九
中彰投以北經銷（含宜花東）／楨彥有限公司
電話：（〇二）八九一九－三三六九
傳真：（〇二）八九一四－五五二四
雲嘉經銷／威信圖書有限公司　嘉義公司
電話：（〇五）二三三－三八五二
傳真：（〇五）二三三－三八六三
客服專線：〇八〇〇－〇二八－〇二八
南部經銷／威信圖書有限公司　高雄公司
電話：（〇七）三七三－〇〇七九
傳真：（〇七）三七三－〇〇八七
香港總經銷／城邦（香港）出版集團有限公司
香港灣仔駱克道193號東超商業中心1樓
電話：（八五二）二五〇八－六二三一
傳真：（八五二）二五七八－九三三七
E-mail：hkcite@biznetvigator.com
馬新經銷／城邦（馬新）出版集團　Cite(M)Sdn.Bhd.
E-mail：Cite@cite.com.my
法律顧問／王子文律師　元禾法律事務所
台北市羅斯福路三段三十七號十五樓
二〇二二年七月一版一刷

■中文版■

郵購注意事項：
1. 填妥劃撥單資料：帳號：50003021戶名：英屬蓋曼群島商家庭傳媒（股）公司城邦分公司。2. 通信欄內註明訂購書名與冊數。3. 劃撥金額低於500元，請加附掛號郵資50元。如劃撥日起 10～14日，仍未收到書時，請洽劃撥組。劃撥專線TEL：(03) 312-4212 ・ FAX：(03) 322-4621。E-mail：marketing@spp.com.tw

國家圖書館出版品預行編目資料

心碎餐廳 再會／松尾由美作 ；
李惠芬譯. . --初版.
--臺北市：尖端出版, 2022.07
面 ； 公分. --(逆思流)
譯自：ハートブレイク.レストラン ふたたび
ISBN 978-626-338-025-7(平裝)

861.57　　　111007679